妖怪旅館營業中

二

歡迎光臨夕顏小食堂

友麻碧

輕文學

Light Literature

目錄

這裡是天神屋——座落於妖怪所棲息之世界「隱世」中的一間老字號旅館。

隱世今天也是萬里無雲的好天氣。

「曉，再往右邊一點啦。」

「這樣子呢？」

「沒錯沒錯，很好。」

我是津場木葵，目前人在天神屋的古民宅別館前，站在這裡的醒目路標——柳樹底下，抬頭看著正被掛上去的招牌。名為曉的那個一頭紅豆色頭髮的男人，正手拿鐵鎚爬在高聳的梯子上，替我固定招牌。

「啊，又歪掉了。你太粗心囉，曉。要再高一點啦，專心釘牢。」

「嘖，真是個愛差遣人的兇婆子。我可還沒到上工時間耶……」

「哎呀！是你自己起個大清早，說要幫忙而擅自跑來這裡的不是嗎？」

曉一臉苦悶。他脫去總是穿著的天神屋黑色外褂，露出裡頭深藍色的和服，衣袖用束袖帶挽起。紅豆色的頭髮亂翹一通，看來果真是起了個大早沒錯。他從剛才就為了調整招牌的位置而費了許多力。

曉身為天神屋幹部之一，擔任「大掌櫃」。他的原形是一種名為土蜘蛛的妖怪，過去還曾跟我的祖父一起在現世生活過一段日子。

也因為如此，在我剛來到這裡時，他對我的態度真的很差。不過自從上次一起做水餃以後，就變得會主動跟我聊天了呢。

「喂，葵，這樣子怎麼樣？」

「好，ＯＫ唷。等招牌弄好，午餐我就幫你做點好料，所以再加油一會兒吧。」

「又打算用吃的來釣妖怪，妳這傢伙實在是……」

「呃，這個嘛……哈哈哈。」

被曉以兇惡的眼神狠狠瞪了，不過這招反而輕鬆釣到坐在一旁草地上看戲的雪女阿涼。

「咦，有飯吃嗎～？」

「阿涼妳從剛剛開始就什麼忙也沒幫上吧，只是在一旁偷懶而已不是嗎？」

「如果有飯能吃，我也會考慮幫忙囉～」

阿涼甩著一頭水藍色鮑伯短髮，帶著好心情站起身。隨後，她重新投入剛才一直打混的工作——刷洗牆壁。阿涼在不久前還是天神屋的幹部之一「女二掌櫃」，現在則是一般接待員。

「欸，阿涼小姐妳只會幫倒忙，去拔庭院的雜草啦。」

「等一下，春日妳這是什麼意思？」

「因為牆壁要是交給散漫的阿涼小姐來擦，會結冰的啊。」

一直勤奮刷著牆壁的，是同為接待員的狸妖春日。她是個敢在前上司阿涼面前實話實說，古靈精怪的狸妖女。
我又再一次抬頭望著曉用鐵鎚與釘子釘上去的招牌。
招牌上寫著「夕顏」。這是退位的天狗大老松葉大人，為了我即將開張的食堂所取的店名。
「夕顏……嗎？」
座落於天神屋這間占地寬廣的老字號旅館一隅，於夕陽時分悄悄開門營業，為了妖怪所打造的餐館，因此取名為「夕顏」。
餐館開幕在即，現在我正一邊請天神屋的員工們幫忙，一邊進行準備作業。曉幫忙掛招牌，阿涼跟春日幫忙擦拭清潔，庭園師鐮鼬則細心整理了中庭……
「葵小姐～方便打擾一會兒嗎？」
小老闆九尾狐銀次先生從別館裡探出頭來，把我叫進去。
銀次先生負責幫我確認店內裝潢。
「啊，好的，我現在就過去。」
好，我也得捲起袖子幹活，不能再偷懶。
「來，大家辛苦了！我捏了飯糰當午餐，請儘管吃吧。還有準備冰涼的麥茶唷。」
搬來戶外的長桌上擺著裝滿飯糰的托盤。
四散著幹活的妖怪們紛紛聚集了過來。

「咦～飯糰啊～？我還幻想會有更豪華的午餐呢！」

阿涼立刻發起牢騷，而我則露出得意的神情。

「那妳就嘗嘗看吧，如果妳以為這只是單純的飯糰的話。」

然而搶在阿涼前頭率先咬住飯糰的，是幫忙整頓中庭的鐮鼬們。他們穿著和式工作服，留著淡綠色頭髮，有一張娃娃臉與嬌小的個頭，負責庭園師的工作。最重要的是他們生性貪吃。雖然話不多，但對於他們的吃相我總是深感佩服。

「啊啊啊啊！要被鐮鼬們給吃完啦！」

阿涼鑽進鐮鼬群之中，參與飯糰爭奪戰。

「剛才明明還對飯糰挑三揀四的……」

「畢竟阿涼小姐為了吃也是能不擇手段的啊～」

曉與春日並肩站在一旁搖頭，以傻眼的語氣說道。

我斜眼看著現場狀況，又端來第二盤飯糰。曉與春日沒有加入那邊的爭奪戰，直接從我新端來的托盤上拿走飯糰。

「嗯？」「啊！」

他們咬下一口，明顯露出驚訝的反應。包了海苔的大飯糰裡，其實藏了不同口味的內餡。

「哇～小葵，這是什麼呀，脆脆的好吃～」

「春日的是五穀飯混入切碎的昆布、醃梅干與醃蘿蔔所捏成的飯糰喔。」

「……那我的是什麼……有肉的味道。」

「曉的是把牛肉絲用醬油跟砂糖燉煮過，再捏進白飯裡頭。滋味鹹中帶甜，份量又夠多，不錯吧？」

問曉好不好吃，結果他「哼」了一聲撇過頭去，給了一如往常的彆扭反應。不過他大概三口就吞完一個飯糰，又伸手再拿一個，看來評價應該是不差吧。

「是蝦子！」

在另一邊的桌上，阿涼舉起咬了一口的大飯糰，眼中射出光芒。

「Q彈有勁的蝦子跟……這是啥？好像有一股香濃的味道。」

「喔喔……那是用味噌跟美乃滋煎過的蝦子。」

「『美乃滋』？那是啥？」

「啊，妳不知道美乃滋吧？在隱世的確不常見呢……」

我是用雞蛋加醋和油自己打成的，第一次嘗到這滋味的阿涼，連連咬了好幾口確認味道。

「美乃滋……口感滑潤又濃郁……這味道真不可思議。」

「話雖如此，可不能吃太多喔。美乃滋雖然是無敵的調味料，但我聽說熱量很高，而且會吃上癮的。」

「……美乃滋……美乃……」

看來沒聽進我的話呢，阿涼嘴裡呢喃著望向遠方，已經完全中了美乃滋的魔法。

手上的都還沒吃完，她又伸手抓了另一個味噌美乃滋蝦飯糰。

「……阿涼原本是那樣的傢伙嗎？」

「我說啊，大掌櫃，阿涼小姐被小葵餵養之後，整個人圓了一圈喔，大掌櫃你也小心點方為上策唷。」

春日皺起雙眉嘻嘻嘻地笑著。

曉嚥下咬進嘴裡的飯糰，臉色些微發青。

「真失禮呢，餵養了這些只會蹭飯的傢伙，對我也沒什麼好處啊。」

「不過小葵啊，阿涼小姐她雖然被撤掉女二掌櫃的位置，現在卻變得比較平易近人，我很喜歡現在的她唷。多虧了小葵做的飯。」

春日大口大口飲下麥茶，伸手再拿了一個飯糰。

沒錯。阿涼以前曾企圖加害我，也因為那次事件而失去女二掌櫃的頭銜。即使如此，春日還是稱她為「阿涼小姐」。

「哇，是飯糰呀？真不錯呢。」

「銀次先生，辛苦了。」

前一刻才將手邊工作告一段落的銀次先生，邊解開束袖帶邊走到別館外。

我將麥茶倒入清涼的玻璃杯中遞給他。

「這些飯糰該不會是以構思菜單用的剩餘食材做成的吧？」

「沒錯，我們用了很多不是嗎？因為各種食材都剩一點，我就嘗試做成不同口味的飯糰。」

銀次先生不愧是在我身邊協助夕顏開店的第一功臣，觀察力一等一。他的外貌雖然是銀髮的有為青年模樣，還長著醒目的耳朵與尾巴，不過在天神屋可是位居小老闆的地位，對我而言是最親近的上司。

「啊，對了對了，我有個東西想請銀次先生嘗嘗看。」

「請我嗎？」

「這個，福袋稻荷壽司！」

一排耀眼金黃色的稻荷壽司排列在托盤邊緣，豆皮用葉菜梗綁起，做成束口袋般的造型。

「哇，造型也非常可愛呢。」

「是花了一點時間啦，也因為鴨兒芹的莖剛好有剩。」

銀次先生仔細端詳稻荷壽司的外型，接著說了句「那我就不客氣了」，拿起一貫塞入口中。

「……喔，以稻荷壽司來說，這口感非常奇特呢。」

「醋飯裡放了搗碎的煎鮭魚、牛蒡跟香菇，還混入切碎的紫蘇末，所以口味有點成熟呢。」

「清爽的風味很棒，這實在是一道絕品。對於愛稻荷壽司成痴的我來說，是停不下來的好味道喔。」

「真的嗎？太好啦。」

這道算是我的信心之作，所以很開心銀次先生能喜歡。

「飯糰的口味有很多種唷，盡量吃。還有咖哩口味的。」

「咦！咖哩口味的飯糰？是哪個？」

吃完福袋稻荷壽司的銀次先生，現在則對咖哩飯糰特別好奇，那對毛茸茸的銀色耳朵豎了起來。他一副滿心期待的樣子擺動一下尾巴，從托盤上無數的飯糰之中尋找出咖哩口味的。

我沒想到銀次先生會對「咖哩口味」這麼感興趣。

不只是他，連一旁的曉與春日也有類似的反應。

之前我曾一度從隱世回歸現世，那一次我突然浮現想吃咖哩的慾望，而在現世的超市內大量採買材料，回到隱世後就在天神屋的別館煮了咖哩。把咖哩飯端給天神屋的大家享用時，獲得超級熱烈的好評。

「那一次買回來的咖哩塊跟咖哩粉都還有剩，所以就……我看看。」

我伸手指向托盤上的第三列飯糰，告訴他「這一排應該是咖哩口味的」，自己也伸手拿一個，咬下後確認是咖哩飯糰沒錯。將洋蔥與菠菜切末炒過，再加上玉米跟白飯，以切碎的咖哩塊與咖哩粉調味成類似抓飯的口味，炒過之後捏成型。香辣的咖哩風味加上玉米的甘甜，和白飯非常搭。

「嗯，我個人最喜歡這個咖哩口味的飯糰呢。」

銀次先生聽到嘴巴裡塞滿飯糰的我如此一說，便輕笑著說「那我也來一個吧」，隨後拿起咖哩口味的飯糰。

「我也吃一個。」

「我也喜歡咖哩這東西，之前小葵做的咖哩飯超好吃的耶。」

繼銀次先生之後，曉與春日也拿了咖哩飯糰，結果最後大家嘴裡都塞滿咖哩飯糰。

在現世受到男女老少喜愛的家常滋味──咖哩。在隱世雖然不算主流料理，但可能因為跟白飯很搭，所以這裡的妖怪們看來都很捧場。

「啊……說到這，曉啊，櫃檯那邊開始進行七夕祭的準備了嗎？」

「是，小老闆，櫃檯中央會裝飾三棵矮竹，並為客人準備祈願籤。祈願籤採用彩色的薄木片，已經向廠商下單。只不過經費上有一些問題……」

「……這樣啊，這方面也只能跟會計長交涉了呢。」

「我很不擅長應付他呢。」

「我也是。不過七夕祭將近，這是一場勢必要打的硬仗吧。」

小老闆銀次先生與大掌櫃曉邊吃著咖哩飯糰，邊商討著工作上的話題。

由於幾乎從未見過這兩人談論公事，我覺得很新奇。不知道在說些什麼呢？傳過來的隻字片語之中也有我很好奇的關鍵字，於是我不假思索地加入他們的對話。

「現在才五月，已經在準備七夕了？」

「妳是笨蛋嗎？五月已經過一半了，距離七月剩下不到兩個月的時間耶。」

「唔……」

我被曉罵笨蛋了，被那個曉耶。

不過他說的話一點也沒錯，我找不到能反駁的點。

「好、好，兩位別吵了。葵小姐，七夕祭是天神屋每年的一大盛事唷。」

「是喔？」

「沒錯，不僅限於天神屋，在這鬼門大地，七夕祭是聯合天神屋與境界石門所座落的那座小山之間的通道——銀天街——一同舉辦的大規模祭典唷，現在才著手準備都算晚了。這活動將吸引大量遊客來此，也是大筆生意上門的旺季。」

「旺、旺季啊……」

「是的，天神屋與鬼門大地內的商店，每年都會展開『七夕祭商戰』，推出七夕祭期間限定的住宿方案、特別活動、七夕特別版料理與紀念品等。這些都需要提早籌劃準備。」

「總覺得好像很盛大耶。」

七夕祭商戰啊……

銀次先生與曉交頭接耳地討論著工作與經費等問題。雖說是妖怪，他們骨子裡可是徹底的旅館商人。

我又吃了另一個飯糰，同時想著「對於除了做菜以外一無是處的我而言，那真是個未知的領域啊」。

此時，我看見大老闆從別館與本館間的連接走廊走了過來，無臉三姊妹隨行在他身後。

「啊，大老闆。」

「哦？大家都齊聚在葵的店啊。」

大老闆駕到，身為員工的妖怪們慌慌張張地整理儀容，低頭恭迎。

「啊，阿松、阿竹、阿梅！哎呀～總覺得好久不見了！妳們都還好嗎？」

然而我卻越過大老闆，衝向退居後方待命的無臉三姊妹，張開雙臂抱住她們。這三人是隸屬於大老闆的接待員，在我剛來隱世時實在對我照顧有加，不過最近都沒什麼機會碰面。

「葵小姐，是的，我們都非常好唷。」

三人雖然沒有表情，但看起來活力充沛的樣子，一同彎起胳臂露出二頭肌秀給我看。確實是很結實的二頭肌……這樣看來應該真的是活力充沛吧。

「比起我大駕光臨，葵好像看到三姊妹更開心呢。」

大老闆看起來有點不開心，不過眼神帶著從容。我斜眼望向這樣的他。

天神屋的大老闆——鬼中之鬼的鬼神，在隱世中名列八葉之一，聲名遠播的高等大妖怪。

順帶一提，他好像還是我的未婚夫。若要介紹一下我的身世背景呢，我直到最近都還是個凡人大學生，但有一天成了品行爛得出名的祖父欠債的擔保品，而被帶來這間位於隱世的旅館「天神屋」。

被迫要成為大老闆新娘的我，最後拒絕這項約定，選擇工作還債——在天神屋的別館開一間餐館幹活賺錢。

現在正處於開店準備作業的階段。

「大老闆來這裡幹嘛？」

「這問法還真過分啊，葵。當然是來看看夕顏的狀況怎麼樣囉。」

「是喔？啊，大老闆也要吃飯糰嗎？」

「……」

大老闆維持盤起雙臂的姿勢，雀躍地走過來，拿起一個飯糰咬下。

啊，大老闆拿的是味噌烤飯糰。在混入魩仔魚的飯糰塗上甜甜鹹鹹的特製味噌醬，再以炭爐火烤過，現在應該還熱熱的，散發美味香氣。

「……怎麼樣？我想你應該會喜歡喔。」

我一派自然地問了大老闆，原本仰望夕顏招牌的他突然轉過來對我露出微笑，只說了句「很美味喔」。

真是的，我總是摸不透鬼內心的想法。

「不過這氣派的招牌也掛好了，看來開店準備可說大致完工了是嗎？銀次。」

「是，大老闆，一部分也是因為這裡本來就是餐館，所以基本雛形都還在，準備作業一個月便能完成。剩下的是……嗯，畢竟這裡是鬼門地段……」

「『接下來端看客人會不會發現這地方而上門』，是吧？」

「是的，因為屢屢經營失敗，會計長給這間別館的預算也頗吃緊。雖然這完全是我的責任，但宣傳費用遭到刪減，不確定是否能成功打響這裡的知名度……」

現在換成大老闆跟銀次先生煩惱地竊竊私語，連我都感到不安而狂冒冷汗。不過看他們倆最後傻愣愣地笑著做出「哎呀，船到橋頭自然直」這樣的結論，真令人傻眼。

「真是的……妖怪還真隨興耶。」

「葵小姐、葵小姐！」

「啊，小不點，你跑哪去啦？」

被我從現世帶過來的手鞠河童小不點，不知何時跑來我的腳邊，拉著我的和服下襬。小不點的身型差不多等同手鞠球，是隻軟Q的可愛河童。

「我剛剛在對面的池塘裡游泳。因為頭上的盤子如果不時常補充水分，我會乾涸而死滴。結果差點成了鯉魚的食物……」

「你啊，真的是很弱小的妖怪耶，隨便一條鯉魚都可以把你吃掉。」

小河童的臉頰上還留有咬痕，實在是弱到讓我一陣鼻酸。

手鞠河童運用他們可愛的外貌做為武器，在艱苦的現世生存下來，然而這隻小不點因為特別弱小，連同伴都拋下他，於是被我撿來隱世。

小不點擺出惹人疼愛的模樣，張開雙手喊著「肚子餓惹」，開始巴結我，我便從托盤拿起一個飯糰給他。

「哇～是梅子小黃瓜滴。」

「你喜歡小黃瓜吧？把這吃了，快治好臉頰上的傷唷。」

小不點在原地一屁股坐下，張嘴大口吃著飯糰。

我親手做出來的料理似乎蘊含了能幫助妖怪大幅回復靈力的法術，希望小不點吃完之後傷也能痊癒。

此時，我的肩膀被拍了兩下。轉頭一看，大老闆就站在我身旁。

「葵，太陽下山後我們出門，去這鬼門大地的大商店街『銀天街』逛逛吧？」

「出門？離開天神屋？我還沒忙完店裡的準備作業，可沒有時間跟大老闆出去玩耶。」

面對難得的邀約我卻面有難色，就連我自己都覺得自己實在難搞到了極點。大老闆僅微微瞇起雙眼，咳了兩聲。

「還真是冷淡得驚人的小姑娘啊。我原本是想，最近準備開店的事應該讓妳忙得天昏地暗，所以稍微喘口氣比較好……對了，那邊有很多美味的名產喔，我請妳一頓吧。」

「這倒不壞呢。」

「美味的名產」、「請妳一頓」，這兩句話輕易就打動我，讓我上鉤。

畢竟難得有機會被允許踏出天神屋外，老實說我很有興趣。

「既然餐館要開張了，也勢必要跟銀天街的店家打好關係吧。過去逛一趟可以認識在這片土地上做生意的妖怪們，看看各種特產與地方特色料理，在料理上應該能做為參考，絕對有益無害唷，葵小姐。」

「這個嘛……銀次先生說的沒錯呢，來投宿的客人們應該也對這地區的當季料理感興趣才是……那我就暫時放下準備工作，去一趟銀天街看看吧。」

我被銀次先生的強力推薦給說服，老實地點頭答應，大老闆卻不知怎地露出不太滿意的臉。

不過最後，我還是決定跟大老闆與銀次先生三人在傍晚一起外出。畢竟機會難得，而且我很期待能吃到好料。

「那麼葵小姐，難得的出遊，請先入浴淨身、梳妝打扮一下吧。」

「為您換一套美麗的和服吧！」

「頭髮為您重新盤個造型比較好呢！」

一說要外出，無臉三姊妹松、竹、梅便帶著興奮的心情依序向我逼近。

這三姊妹老是想幫我進行變身大改造。我又被輕輕鬆鬆扛起來，去去洗完澡之後上了妝，換上藤花圖案的縮緬布材質和服。

即將邁入夏季的這個時節。

清爽涼快的髮型與和服上的花樣不太搭調，於是插上大老闆送我的山茶花髮簪。水藍色花樣搭配紅山茶花，整體造型帶著初夏風情。

山茶花的花苞還未到綻放的時候。

第一話 眾妖怪與銀天街

「哇啊啊啊，好漂亮！」

這裡是名為銀天街的大型商店街。

銀天街指的是連接祭祀鬼門大地的境界石門的那座小山，與老牌旅館「天神屋」的大街。

此時，天空中還掛著淡橘色與紫色的漸層。

在太陽沒入地平線的瞬間，大商店街上的燈籠與提燈便點起色彩繽紛的燈火，簡直像是從空中灑下滿滿一片金平糖。

我把跟大老闆借來的鬼面具斜戴在頭上，搶第一個走在大街上。

陣陣香味從四面八方飄來，還伴隨著熱鬧的慶典奏樂聲。

最吸引目光的是大批人潮，擠得簡直像舉辦廟會的日子，但這只是天神街平凡的日常一景。

「葵小姐，一個人走太快可會迷路的唷。」

後方傳來擔心的關切聲，是銀次先生。

「沒關係啦，銀次先生，就算走丟了，天神屋就在視線範圍內啊。而且就算真有什麼萬一，我還有天狗圓扇，遇上壞妖怪就用這個把他們吹走。」

「嗯……連這種算盤都打好了，葵果然是個可怕的姑娘。」

大老闆用手指捏了捏眉間咕噥道。

「我想葵小姐一定不輸史郎殿下，大老闆。」

「也許吧。我一直避免深入思考這個問題，但常常不得不體認到這一點。葵身上果然流著祖父史郎的血，讓我覺得有點恐怖呢，銀次。」

「說得沒錯……其實我也……」

「我全都聽見了耶。」

兩隻高等大妖怪在說人類的閒話。

只要被人說我很像祖父，都會令我不禁無奈嘆氣。畢竟祖父不論在人類還是妖怪的世界，都是個惹事的禍端。

老實說，被講成跟那個人一樣，感覺真是糟糕透頂。

「是你說要帶我吃好料，我才把店裡的準備工作擱一旁耶。」

「呵呵，那就跟我來吧。」

看我雙手扠腰發牢騷，大老闆摸了摸下巴輕笑，走在我的前頭。

他在人群之中特別醒目。

一身天神屋黑色外褂的打扮，任誰都會多看一眼。從烏黑的髮絲間可窺見那雙宛若紅水晶的雙瞳，眼神卻帶著與熾熱的紅完全相反的冷冽，怎麼看都充滿鬼怪的詭譎氣質。

雖然是個可疑的鬼男沒錯，不過端正的外貌可以算是美形。能成為眾妖怪的憧憬對象，外貌也具有一定的威嚴。

「哎呀，這不是天神屋的大老闆嗎？啊啊，連小老闆也一同大駕光臨！」

一踏入銀天街，就聞到一股難以言喻的香甜滋味從某間店面飄出來。

從大街上能看見一位綁著頭帶、正用鐵板烤著麻糬的老人家，他發現大老闆便出聲攀談。

「石藏殿下，您身子看來依然硬朗呢。」

「哈哈，畢竟我還沒退休呀。」

店門口的門簾上寫著「甜點屋　星枝」，還畫有星星的圖案。

立著的旗幟則寫著「專售星枝麻糬」。

「噢？那邊的小姑娘究竟是哪位呢？哇，仔細一看是人類呢。」

老人家發現了我。

話說這位老爺爺的耳垂，看起來跟麻糬一樣拉得好長呢。

「這位是津場木葵，是那個史郎的孫女，同時是我的未婚妻。」

「咦……那個史郎？」

「就是那個史郎。」

老人家露出淺顯易懂的反應，一臉想喊「呃？」的表情。

我雖然覺得尷尬，還是點頭向他致意。

「葵，這位是洗豆妖石藏殿下，長久以來負責製作銀天街最有名的人氣點心『星枝麻糬』的名人，是支撐這條銀天街的甜點師傅之一。星枝麻糬也有在我們館內的土產店販售唷，是一種烤麻糬點心。」

大老闆向石藏先生點了三個星枝麻糬。

石藏先生馬上拿了三個包有紅豆餡的麻糬，放入鐵板的凹洞中炙烤。

香甜的氣味飄散而出，挑逗著我的食慾。

在石藏先生身後幫忙的女性帶著和藹的笑臉，用紙包起鐵板上烤好的麻糬，放在托盤上端了過來。啊，這個店員的耳垂也好長。

「久等囉，剛烤好的，小心別燙到舌頭喔，年輕夫人。」

「不，我還不是什麼夫人……」

「葵，妳看看，麻糬的表面印有星星的圖案。」

「啊，真的耶。」

大老闆將麻糬表面的星星圖案拿給我看，企圖打斷我的話。

「這個就是要現烤的才好吃。」

「沒錯沒錯，這裡的星枝麻糬果然還是剛烤好的最棒。」

銀次先生也故意出聲附和大老闆。

結果我錯失了時機，沒能否定「大老闆的年輕夫人」這個稱號。總覺得自己好像中計了，不過迫不及待的我率先咬下星枝麻糬。

用紙包著的扁平麻糬，酥脆外皮帶著濃郁香氣，跟中間熱騰騰又溼潤的紅豆餡非常搭調。紅豆餡不會過甜，吃起來非常優雅又風味十足，相當美味。

店裡還有販售送禮用的盒裝麻糬，用保鮮膜仔細包裝以保留水分，放涼享用似乎又是另一種溼潤的口感。

「這個正適合邊走邊吃對吧？」

銀次先生突然探頭，湊近看著我的臉。

「嗯嗯，形狀扁平又很方便入口呢，也不是那種拉得超長還牽絲的麻糬。」

「這也是來銀天街觀光的旅客們對這個點心讚譽有加的理由之一。星枝麻糬的做法與現世的梅枝餅、松枝餅一樣，在隱世也有這樣類似現世的點心，而石藏先生店裡做的則成為鬼門大地這裡特別出名的特產。」

「哇，我第一次吃到這種東西耶。這非常好吃喔，石藏先生。」

「哦，這樣啊？被人類小姐這樣稱讚，我這一生奉獻給烤麻糬也算有價值了呢。」

石藏先生害臊的同時依然繼續烤著手上的麻糬。

我對用來烤麻糬的鐵板感到十分好奇而盯著瞧。以妖火為熱源的鐵板冒出騰騰熱氣。

「怎麼啦？小姐，看我烤麻糬有趣嗎？」

「石藏殿下，葵即將在我們館內開一間小餐館，所以她可能對烹調器具都挺好奇的吧。」

大老闆一派自然地提及我即將開店的事。

「餐館？該不會是在那鬼門中的鬼門？」

石藏先生馬上就猜中了。我問他：「你知道那個地方？」

「是啊，畢竟我跟天神屋長年往來嘛。嗯……在那個地段開店，我想各方面都很有挑戰性。我們店裡也會幫妳多多宣傳的，加油啦，年輕夫人。」

「呃，是……不對，我不是年輕夫人啦！」

我心想總算成功否認時，陸續上門的客人已排成隊伍，店員們忙著做生意，根本沒有人聽見我說的話。

後來我聽銀次先生說，提到隱世的紅豆餡類點心，幾乎是由洗豆妖主宰的天下，知名程度不在話下（註1）。

聽說石藏先生一心追求紅豆餡類點心的美味顛峰，從年輕時就屢次前往現世，骨子裡真是燃燒著令人佩服的洗豆妖之魂呢。

「噢？這不是天神屋的大老闆嗎？」

註1：洗豆妖日文為「小豆洗い」，「小豆」即日文的「紅豆」。據說洗豆妖會在河邊淘洗紅豆，發出唰唰唰的聲音，好奇前去探查的人便會被引誘掉入河中。

我們又繼續在銀天街閒晃。傳來的呼喚聲來自一間茶館的女老闆。

店門掛著的黃綠色招牌上寫著「香椎茶園」。

「差不多來到春茶的季節了呢，阿園小姐。」

「沒錯，大老闆要不要喝杯一番茶（註2）再走呢？」

阿園小姐是位個性大方的三眼妖怪，背上揹著熟睡的嬰兒。

她為我們泡了今年的春茶，現在正值最好喝的時期。她還端上了金平糖做為搭配的茶點。

「哇……好棒的茶香。」

「這是這個月初才摘下的第一批新葉唷，是最高檔的八十八夜（註3）茶葉，香氣跟味道都很棒吧？」

「八十八夜？」

「指的是雜節（註4）啊。據說飲用從立春數來第八十八天所摘下的茶葉泡成的茶，就能平安健康度過一整年喔。」

阿園小姐仔細為我說明，口條聽起來很流暢，想必是現在這時節常需要為客人介紹春茶的緣故吧。

我一邊試飲春茶一邊在店內閒逛，發現這裡陳列了各種以茶罐或袋子包裝的茶葉。

根據茶葉品種不同，價格也不一樣，連最基本的綠茶也分為諸多品項，從家庭用到高價位的都有，另外也有麥茶、玄米茶、烘焙茶等各種茶葉，連抹茶都有。

為了迎接即將到來的夏天，店裡也販售冷泡用的茶包。在這隱世竟然也有這種設計，讓我頗為驚訝。

「欸，大老闆，該不會天神屋的茶葉就是用這間香椎茶園的產品？」

「是呀，沒錯。妳喝出來啦？」

「嗯嗯，我喝了一口就猜想是不是這樣……而且總覺得這間店裡的氣味，跟大老闆的內廳很相像。不過最重要的還是，之前從你那裡要來的抹茶，外包裝罐跟這間店裡的商品一樣呀。」

「哦……原來如此。」

大老闆眨了眨眼，摸著自己的下巴。

這段對話似乎讓阿園小姐覺得很有趣，而哈哈大笑起來。

「真沒想到竟能看見掌管天下的大老闆露出這種表情。妳可真有兩把刷子呢，這位鬼妻小姐。」

「噗！」

難得品嘗好茶，被她稱為「鬼妻」還從背後用力拍一下，讓我嚴重嗆到了，銀次先生也忍不

註2：當年度初摘新芽所泡的茶。等同於春茶。

註3：每年從立春算起第八十八日所採收的茶葉，是最高級的春茶。

註4：日本為因應季節變化而設立於二十四節氣之外的節日。

住噴笑出來。

「妳……該不會是看了《妖都新聞》？」

「對呀。一直保持單身的大老闆終於有了未婚妻，這件事可是讓銀天街的婦女會熱烈討論了好一陣子。聽說懷抱憧憬的年輕姑娘們一個個都沮喪至極，整整在家睡了三天呢。」

距離上次在妖都發生的那次事件，剛好過了一個月。

當時大老闆帶著我去妖都，在大眾面前宣布我是他未婚妻什麼的，隔天的報紙頭條便大大寫著「鬼妻現身」。

「鬼妻」這名號實在是太殘酷了，我才想睡個三天三夜吧……

我將視線別開，大口咬著配茶享用的金平糖，雖然僅是樸素的甘甜，卻撫慰了我的心靈。

「不過女孩子的嫉妒心很可怕喔，可要多加小心，年輕夫人。」

比起鬼妻的八卦，阿園小姐似乎比較擔心夢想與大老闆結為連理的年輕女孩們的嫉妒會集中到我身上，連她身上揹著的嬰兒也以毫不客氣的眼神發出牙牙學語的叫聲威嚇我。

我又再喝一杯茶，希望自己能長壽點……

鬼門大地是個天天都熱鬧的觀光地區，一部分也是因為這裡是有名的溫泉勝地。

這條銀天街屬於天神屋的勢力範圍，因此大老闆與小老闆在這裡可是家喻戶曉，不論是這一帶經營店面的妖怪還是路上的行人，都會主動跟他們搭話問候，順便還送了各種東西與請我們試吃，大紅人果然不是蓋的。

跟他們倆一同逛著銀天街，我也看到許多這一帶的人氣名產與特產。星枝麻糬是具有代表性的高人氣特產甜點，而在香椎茶園享用的金平糖，也是名聲遠播的土產零食。

聽說因為金平糖長得就像銀天街上掛著的燈籠般七彩繽紛，同時也是象徵這條商店街的名產，所以街上的所有商店旁都理所當然地放著這樣商品。

另外，這裡似乎還盛產鬼面面具的樣子，是相當有名的工藝品。

由於面具是妖怪的必備造型單品，似乎在各大觀光區都很熱賣，不過在這鬼門大地，由於其地名與統治者大老闆的關係，「鬼」的面具特別受歡迎。路過的妖怪們也大多戴著鬼面具。

恐怕就像日本各地的可愛吉祥物會出些鑰匙圈什麼的。也就是說，這地方的吉祥物是鬼……

「話說回來，也是有些地方的吉祥物很駭人呢。」

我將面具店門口陳列的鬼面具拿在手上，認真地端詳著。雖然自己頭上戴的也半斤八兩，不過跟大老闆的臉互相打量比較之下，總覺得不太像呢。

「怎麼？盯著別人的臉不放。」

「不是啦，我想說鬼面具跟大老闆長得不怎麼像呢。不過鬼這種生物，果然在妖怪眼裡也是這麼面目猙獰的形象嗎？」

「是沒錯……畢竟『鬼』在妖怪之中，也算是恐怖的代名詞，不恐怖一點怎麼行？一提起鬼，大多會把小孩給嚇哭。而鬼面具有時在管教小孩時，也能派上用場。」

「哇，類似『不乖的話，會被鬼抓走喔』那樣嗎……原來這一套不只對人類管用。」

我甚至開始覺得，妖怪他們應該更清楚鬼有多可怕，所以更加管用。

「……這麼一說，不知道有沒有那張面具呢。」

我突然開始好奇，不知道這間面具店有沒有賣那張面具。

沒有任何表情與裝飾，一片白的能劇面具——在我小時候救了我的妖怪所戴著的面具。

我仔細看了店面陳列的每一張面具，但這裡賣的全是鬼的造型：赤鬼、青鬼、黑鬼、綠鬼……連張白臉的都沒有。

「您想特別找什麼嗎？葵小姐。」

「沒事……」

銀次先生的注視讓我慌了手腳，急忙放下拿在手上的商品。

在我抬起頭的瞬間，恰巧看到有位身形高挑的妖怪從我面前走出店外。我發現他臉上戴的正是白色能面。

「……咦？」

我不假思索地追上那妖怪，超越他之後轉身確認他臉上的面具。

然而，從正面看來那是眼睛笑得彎彎，下臉頰肥腫的醜女面具，跟我在找的能面不太一樣。

「幹嘛？小姑娘。」

醜女面具下的妖怪因為我的詭異舉止而停下腳步，低下頭俯視著我。對方的聲音淡漠又冷酷，音調非常低沉。他壓低細長的頸子與我平視，從正面盯著我瞧，還嗅了嗅我的味道。

「人類小姑娘？這氣味該不會是……」

「咦？不、不是啦，我怎麼可能是人類呀。沒事，不好意思，我好像認錯人了……不對，應該說認錯妖了才是。」

「……」

自己都覺得這番言行舉止也太可疑。

我直覺地往後退，再次說一句「不好意思」便打算逃跑。

然而，無論我轉身往後或是向前，那張醜女面具依然出現在我面前，讓我打了冷顫。

是我身後的妖怪伸長了脖子，湊近盯著我的臉。

——這傢伙是長頸妖啊。

被長長的脖子包圍，無處可逃的我，額頭滲出汗水。我將手摸上插在背後的八角金盤扇。要是有什麼萬一，就仰賴這東西把他咻地一聲吹走……

「妳在做什麼？」

緊繃的氣氛被這道聲音劃破——是大老闆。

長頸妖將臉別開，看著朝我們走來的大老闆，咻咻咻地縮回長長的脖子。

「哎呀呀，這豈不是天神屋的大老闆？啊啊，小老闆也在呢。平素承蒙兩位照顧了。」

長頸妖竟然客氣有禮地低頭致意。

「哦？六助先生呀，我們才是時常承蒙您關照了。貴農園的蔬果，今年的品質也依然非常棒。」

銀次先生也隨後走過來，向對方點頭行禮。我腦海中只浮現「嗯？」的問號。

「葵，這位是水卷農園的長頸妖，六助殿下，對我們天神屋照顧有加。妳店裡使用的蔬果都是從這裡訂購的，也就是說這位是很重要的往來對象。」

「……咦、咦？」

我驚訝地雙眼圓睜，僵在原地。長頸妖摘下臉上的醜女面具，露出藏在底下的中年男子臉龐，親切的笑容看起來很老實。

「哎呀～因為剛才在這位小姐身上嗅到我們家出產的小黃瓜的靈力呢，加上看起來又像是人類小姑娘，所以我想該不會就是那位天神屋的年輕夫人吧，正疑惑她是不是一個人走丟了。」

「……小黃瓜的靈力？」

比起其他事，我現在更在意的是這句「小黃瓜的靈力」。那到底是啥？

六助先生一邊搔著頭，一邊「哈哈哈」地悠哉大笑。

他閒聊了一些家常話，說自己是來找小朋友用的面具什麼的，隨後留下一句「那麼今後還請多多關照」，便以飛快的腳步離去。

「唉～真沒想到會是有往來的妖怪。」

早知道應該好好打聲招呼。

再說，那個「小黃瓜的靈力」到底是什麼意思……

「嗯？」

奇怪，總覺得身旁傳來一股無形的壓力。

我提心吊膽地轉頭一看，大老闆正用冷酷的表情看著我。

「不要到處亂晃，我說過妳這樣會走丟吧。葵，好險妳剛才遇到的是六助殿下，假使被其他兇殘的妖怪盯上，沒兩秒就會進到對方肚子裡。」

「是……是因為……對不起。」

本來企圖辯解的我因為無話可說而作罷。面對別開視線的我，大老闆嘆了口氣，無奈地說了句「真是的」。

大老闆似乎察覺到我仍心有餘悸。

「算了，別再離開我身邊……真拿妳沒轍，我現在徹底體會到身為母親有多辛苦了，要看好四處亂跑的小朋友。」

「誰是小朋友啊，而且誰是母親啊。」

「好了好了，葵小姐，您肚子也差不多餓了吧？」

銀次先生打斷互瞪的我們，以溫柔的語氣問我餓不餓。

這句話我已經等很久了。

「才不是『差不多』呢，我從一開始就餓扁啦，只吃烤麻糬根本不夠。」

「那麼，我們去一家可以吃到鬼門這裡自古流傳的傳統鄉土料理的餐館吧。」

「鄉土料理？」

「也可以稱為地方料理，其實大老闆已經先幫我們預約好席位囉。」

「大老闆？」

我再次仰望大老闆，只見他揚起嘴角，無聲地俯視著我。

這是怎麼回事？我感受到一陣強烈的慘敗感，但是我已忍受不了飢餓。

隨著他的引領，我們來到一間招牌寫著「天滿食堂」的店，而靠在店外的菜單看板上，只寫了「雞天套餐」。

「……雞天？」

「葵小姐知道什麼是雞天嗎？」

「從字面上看來，是炸雞天婦羅吧？啊啊，不過這麼一說，以前爺爺曾說過，在大分的別府市還哪裡吃過這種料理呢。」

我雖然沒嘗過，不過有印象爺爺以前好像提過這道菜。

畢竟祖父是個遊遍全國各地、隨心所欲過活的自由人，所以對各地的傳統或地方料理都瞭若指掌。

「但是跟日式炸雞塊有什麼不同？」

「完全不一樣喔，反正妳吃了就知道。」

大老闆輕推我的背，讓我踏入店內。

「……哇，這裡的天婦羅是用芝麻油炸的耶。」

走進燈光微暗的店內，瞬間便能聞到芝麻油的濃郁香氣，耳邊傳來的是天婦羅滋滋作響的油炸聲，隔著櫃檯還可看到大廚正忙著做料理。對方沒有五官，似乎是無臉妖。

被帶往榻榻米包廂的我，心中對第一次嘗試的料理越來越期待，不禁覺得坐立難安。

「雞天……真是等不及了。」

「話說回來，葵小姐知道雞天為什麼是這裡的地方料理嗎？」

面對銀次先生的詢問，我搖頭回答「不清楚」。

「鬼門這地方，其實是食火雞的知名產地。所謂食火雞，是隱世這裡特有的一種雞，以燒過的樹皮等做為飼料餵養，肉質十分緊實。」

「咦～～隱世的雞……讓人很好奇呢。」

雖然對食火雞很感興趣，不過我從剛才開始更在意另一件事。

「話說……銀次先生，為什麼你現在是小孩的外型？應該說你是何時變身的啊？」

「咦？哈哈哈。」

銀次先生搔了搔頭，以一副約莫十歲男孩的模樣擺動著狐尾，露出可愛的笑容。

由於他坐在大老闆隔壁，這身小孩造型更讓我覺得突兀。

「銀次，又想讓我請客啦。」

大老闆以冷淡的視線斜眼瞥向銀次，銀次先生的笑容頓時僵住了。

隨後，他馬上仰望大老闆說道：

「不是的，是因為這樣一來，畫面簡直像一家三口呀。爸爸、媽媽、還有小朋友……」

「……什麼？」

「啊，沒事。」

我壓低聲音反問銀次先生這番形容是什麼意思，讓他有點畏縮起來。

然而大老闆也故意搭腔，朝我露出耐人尋味的笑容。

「雖然像銀次這麼不好惹的小孩我可敬謝不敏，不過，我個人是希望多生幾個孩子喔，葵。」

「這種心願你隨便拿張傳單寫在背面吧。」

我連喘口氣的時間也不給，馬上冷淡地丟回這麼一句，喝了口茶之後自言自語著：「啊啊，肚子餓扁了～」

大老闆跟銀次先生同時露出「真受不了」的表情。受不了的是我好嗎？

「……也罷。沒錯，銀次每次都是這樣，看時間場合巧妙運用變身術，對人投懷送抱。這種事情他可專精的，老是像這樣用小孩的臉跟我蹭飯吃。」

「不敢當，多謝大老闆的招待。」

銀次先生鞠躬答謝，然而抬起頭時卻露出一臉得意的表情，前途實在堪憂。

「我可不是在稱讚你啊。算了，這也算是你的特色吧。」

大老闆嘆了一口氣，隨後露出豁達的笑容，我想這完全能證明大老闆嘴上念歸念，心裡還是認可銀次先生吧。

不過，原來如此。銀次先生第一次來見我時也是以小孩之姿現身，還曾化為女性跟小狐狸。雖然現在已經習慣他的青年外型，不過如果最初他就以小老闆的模樣現身，以當時的狀況來說，我應該會對他非常有戒心吧。

看場合使用變身術，擅長對人投懷送抱。

大老闆的評價我覺得一點都沒說錯。我想銀次先生在做生意時，應該也漂亮地運用變身術做了許多事。

「總覺得大老闆跟銀次先生對彼此很熟悉，你們倆從以前就一起在天神屋工作嗎？」

我突然對這件事非常好奇。這麼說來，他們是何時來到這間天神屋的呢？

大老闆與銀次先生一臉呆愣，隨後面面相覷。

「我呢，是天神屋第二代的大老闆，所以在這裡工作有一段時間了。」

「哇，原來大老闆前面還有一任大老闆啊。」

「畢竟是歷史悠久的旅館啊……那已經是太久遠以前的事，我有點忘記自己是從何時開始在這工作的囉。」

大老闆並不打算說清楚自己的事，他分明記得的吧。

不過也就是說，果然他在天神屋待了很久呢。畢竟妖怪很長壽，所以他待在這間旅館的歲月，也許無法以人類的標準來衡量吧。

「我呢……仔細想想，其實在天神屋工作還不滿五十年呢。」

銀次先生將雙臂盤在胸前，喃喃說道。

「咦？銀次先生不是一直都在這裡工作嗎？」

「其實我在天神屋的資歷還很淺喔。」

話雖如此，卻已坐上小老闆的位置，還被稱為天神屋的招財狐？

五十年雖然是很驚人的歲月，不過對妖怪來說只能算是普普通通吧。

「不過我跟大老闆倒是認識很久了。」

銀次先生如此說道，並以小朋友的模樣抬頭望向大老闆，問了聲：「對吧？」

大老闆彷彿回想起什麼般，突然笑著點點頭。

「銀次原本在我們競爭對手的旅館裡工作，但我邀請他來天神屋為我效力。」

「沒錯，正是如此，也就是我們原先處於敵對關係。但由於諸多原因，我就從前公司來到天神屋……應該說是大老闆把我挖角過來的吧。這段故事又臭又長，不太適合在這裡說就是了。」

「咦，這樣喔！挖角……看來天神屋也藏著許多不為人知的黑歷史呢……」

不過故事都聽到這裡了，我很好奇當初到底發生了什麼事耶……

然而在我深入追問之前，雞天套餐已送上桌。

「噢，上菜啦。」

「顏色炸得很漂亮呢。」

大老闆與銀次先生已將剛才的話題放在一旁，滿心只有眼前的炸雞天婦羅，而我也一樣。

「哇！這就是這裡的地方料理『雞天』啊。」

外觀像帶著淡淡金黃色的日式炸雞塊，是將一口大小的雞肉裹上天婦羅麵衣再油炸吧？我合掌說「我要開動了」，隨後用筷子夾起一塊，沾了已和入白蘿蔔泥的天婦羅沾醬享用。

噢噢，原來是雞胸肉啊，還有用醬油、薑、蒜先醃過。

炸得酥脆的薄薄麵衣，口感比一般日式炸雞塊更清脆。吸滿天婦羅沾醬的麵衣，與多汁鮮美又清爽的雞肉油脂交融在一起。

「這很好吃耶……明明是油炸的天婦羅卻很清爽，感覺吃再多也不會膩。」

我再夾一塊雞天，仔細地觀察。

這跟日式炸雞與龍田炸雞（註5）都不一樣，非常清爽又清淡，甚至可以說是爽口。

「沾鹽享用也很美味唷。」

註5：以醬油、味醂醃過後裹太白粉油炸而成的炸雞。因醬油醃過的偏紅色肉質與白色外皮，近似奈良縣龍田川的白浪與楓葉而得其名。

這間天滿食堂備有四種不同的鹽，可沾天婦羅享用。

有芥末鹽、紫蘇香鬆鹽、檸檬鹽與普通的白鹽。

每種都各沾一點試試看也很新鮮。盤子上堆滿滿的雞天，只要換沾不同的鹽享用就不會膩，能盡情吃個過癮。我帶著興奮又期待的心情變換著口味。

「夕顏的菜單也加入食火雞料理的話，或許不錯呢。許多觀光客遠道而來就是為了品嘗這種雞肉。」

大老闆一臉愉悅地看著大快朵頤的我，提出這樣的建議。

「說得也是，果然還是運用地方特產食材做出來的料理更能吸引客人。雞天就不用說了，其他也還有許多使用雞肉的地方料理。」

「運用雞肉來構思菜單嗎？家常菜很多都有放雞肉，也許很搭調呢。」

喀滋喀滋、咕嚕咕嚕——我輪流搭配味噌湯、白飯與醃菜享用著雞天。

雖然有很多要考慮的事，不過我還是停不下筷子，一味地咬下帶著清爽鮮甜味的食火雞。我已經完全不想說話，只是忘我地享用剩下的雞天。

地方美食真是令人甘拜下風。我吃飽了，多謝招待。

「啊啊……肚子吃得好撐，好幸福。」

盡享佳餚的我感到滿滿的幸福，大力甩著手上的束口袋，帶著絕佳的心情走在涼夜降臨的銀天街上。

「不過好像有點吃太多了呢。」

「妳是會在意那種事的姑娘嗎？」

「不是，這倒也不會啦。」

美味佳餚當前，那種少女的煩惱就先拋諸腦後吧。

不過明天就吃得清淡點，多攝取一些蔬菜好了。

「啊！請看，那就是鬼門岩戶神社唷。」

我們一路逛完銀天街，來到盡頭處——境界石門座落的小山前。

原本還維持兒童外貌的銀次先生發出一陣狐狸的高鳴聲，幻化為一隻銀色小狐狸，跑到前方神社的紅色鳥居下方佇立著。

「這座小山的山腳原來有神社啊……銀次先生感覺很像狐仙大人呢。」

我與大老闆一起來到紅色鳥居下方。我抱起化為小狐狸的銀次先生，毛茸茸的九尾輕掃過我的手臂，我一邊享受這舒適的毛皮觸感，一邊登上石階。

抬頭仰望漫長的石階，搖曳的鬼火一路連綿至最頂端的紅色鳥居，照亮我們的腳下，整條石階瀰漫著奇幻的氛圍。以鬼門岩戶神社名聲遠播的這個地方，是祭祀山頂境界石門的莊嚴神社。

過去我曾經從那座境界石門回到現世，不過當時是乘坐空中牛車直達山頂，不知道山腳下還有這麼一間神社。

「不過這石階還真漫長。」

「妳爬累了嗎？」

「肚子吃得很撐，正好運動一下。」

爬上石階抵達神社境內，發現這裡與熱鬧的銀天街完全相反，飄蕩著寂靜的氣氛。

回頭一望，從紅色鳥居的空隙間可看見點上華麗燈光的天神屋，以及位於旅館本館上空的渡船口停泊著眾多飛船，實在是很奇妙的光景。

「果然從這裡眺望天神屋真是一幅絕景。」

銀次先生輕巧地從我懷裡跳下來，變回以往的青年造型。

我也終於領悟銀次先生剛才幻化成小狐狸的理由，不禁一臉鐵青。

「……你、你該不會是為了讓我抱你爬完那麼長的石階……才變成小狐狸……」

「咦？哈哈哈，怎麼可能呢！」

銀次先生笑著敷衍過去。太可疑了。

也罷，反正小狐狸很可愛討喜，又難得有機會能享受那毛茸茸的觸感，也不差啦。而且狐仙造型跟神社很搭嘛。

神社境內可見零星的妖怪，大家全都戴著面具，不過因為時間偏晚的關係，境內沒有太擁擠，也為這裡更添一層莊嚴與詭譎。

我們遵從規矩，先在水手舍（註6）洗手漱口，隨後來到社殿的正前方。大老闆與銀次先生分別站在我左右兩旁。

「葵，來祈禱妳的店能順利開張，生意興隆吧。這間神社是專門求結緣的。」

「結緣？是說戀愛運嗎？」

「哈哈，這也算一部分，不過說起來應該比較偏生意上的往來，祈求能帶來貴人的意思。所謂生意興隆並不只是賺大錢就好，重要的是要懂得珍惜做生意所帶來的邂逅，以及彼此建立起的關係。」

邂逅……關係……

餐館開張後，會遇見什麼樣的妖怪呢？

「賺不賺錢這點只是結果罷了……那麼，先為妳祈求『夕顏』開張後能順利締結良緣吧。」

行兩次禮，拍兩次掌，最後再行一次禮。大老闆這番話非常有份量，感覺是商場老將的經驗談。我將這番話放在心裡提醒自己，並在神社前許下心願。

這座通往異界的石門，由天神屋與這間神社共同祭祀。

鬼門大地的這兩大象徵，由銀天街這條大商店街串連起來，做為點綴。

我衷心期望即將開張的餐館，也能成為為這片土地添上繽紛色彩的新地點。

註6：位於神社、寺廟的參道或社殿旁，設有淨手池讓參拜者洗手和漱口的建築物。

「……好！準備齊全了。」

今天是開幕前日，為明天所做的最後準備工作已告一段落。

明天松葉大人會帶大批天狗上門，在這間店裡舉辦餐宴。菜單由我詢問松葉大人的意見之後負責設計。

想吹吹晚風的我走出店外。

最近為了構思食堂的菜單而一直悶在店裡，所以現在覺得外頭的空氣格外新鮮，光是深呼吸就感到通體舒暢。我伸了個懶腰，從隨風徐徐擺動的柳樹枝梢間仰望著夜空。

今天空中也一樣飄著許多艘飛船。

造型像日式古船的那些船隻，正忙著載客前往天神屋，或是送走離開的客人。另外還有運輸船，負責運送天神屋所需的物資，以及這片土地上難以入手的食材。

啊，是海閣丸。以前去妖都時曾乘坐的日式古船，剛剛橫越過夜空。

不知道今天上頭載了些什麼樣的客人？

燃著無數鬼火，劃開黑夜前進的這些空中船隻，起初讓我覺得不可思議到了極點，如今卻忍不住盯著不放，真是隱世獨有的特別光景。

「嗯？」

在我把眼神從夜空中收回來之時，發現本館與別館的連接走廊前方躲著三個傢伙，那三顆圓滾滾的平頭正偷偷望向我這裡。

「又是他們啊……」

我馬上就知道他們是何方神聖。是天神屋的廚房實習生，三個達摩不倒翁。

實習達摩們似乎對於我要開店一事感到很不是滋味，所以老是在別館周遭鬼鬼祟祟地惡搞。之前也是，把我好不容易刷乾淨的牆上塗滿了泥巴。做的事完全是小孩等級的惡作劇，不過連我都被他們惹到惱火了起來。

好，就來稍微嚇嚇他們吧。我心想著，便先折回別館內，偷偷摸摸地從後門出來，悄悄靠近他們所在的連接走廊後頭。

實習達摩們蹲在走廊上，不知道在幹什麼。

呃，竟然在地上擺香蕉皮……

「你們啊，怎麼有空做這些無聊事？廚房的工作還沒結束吧？」

「唔哇！」

達摩們似乎現在才發現早已靠近的我而嚇了一大跳。

「混、混帳！妳什麼時候跑來這裡！」

「我剛剛就在囉。」

有點退卻的達摩們馬上扯開嗓子，威風凜凜地大喊了聲「哈！」來威嚇我。

「區區人類小姑娘，竟然如此狂妄自大，要在這間天神屋開餐館！」

「我們可是背負著前來刺探敵情的重責大任。」

「雖然我想妳這人類小姑娘做出來的東西，滋味怎麼也不可能比得上我們料理長的手藝，但再怎麼說，妳的存在就是很礙眼。」

三個達摩威風凜凜地雙手扠腰、兩腳大開地站著，把我包圍在中間，用狗眼看人低的視線挖苦著我。

「刺探敵情？我怎麼看都只是在地上擺香蕉皮而已耶。害我踩滑摔倒甚至受傷的話，你們打算怎麼賠償啊？」

「哼！這麼孱弱的傢伙沒資格掌廚！我們達摩可不會因為這點小事就受傷。」

「什麼？」

「話說，聽說那群天狗預約了明天要來作客是吧？」

「天狗他們可真是臭屁又難搞的一群奧客啊。妳敢端那些難吃的人類料理上桌就試試看吧，他們一定會大動肝火，把妳那別館夷為平地。」

「這結局也挺爽快的呀。」

三個實習廚師自顧自地說著。

「你們這些達摩啊……」

胸口的怒火燒了上來，你們是愛霸凌別人的小鬼頭嗎？

三個達摩訕笑著，把地上的香蕉皮擱著不管，打算回去本館。

我雖然很想追上前去，但香蕉皮阻礙了我的去路。

「喂，把這些香蕉皮帶回去！」

「誰要啊！」

達摩們從本館的拉門縫隙間往我這裡瞧，吐舌做了鬼臉。

通往本館的後門口拉門猛烈關上，為剛剛的爭執一口氣畫下句點。

夜晚回到一如往常的寂靜，我凝視著眼前的香蕉皮。

「真是的，下次再見到他們可不會善罷干休。」

雖然很想報復回去，不過現在的我有些累了。

明天開幕在即，所以我也不想引起什麼奇怪的騷動，姑且先認命地把香蕉皮撿一撿吧。

我像個傻瓜似地把擺在地上的香蕉皮一一拾起，結果總共有二十幾片。是他們為了惡作劇所以拚命吃光香蕉，還是從廚房撿來的廚餘呢……

「好，該回去囉。」

把剩下的工作告一段落，趕快睡一覺，忘掉這些討人厭的事吧。嗯，這樣就好了。

我抱著香蕉皮穿越中庭，打算從連接走廊回到別館。

啊，掉了！我轉身蹲下身子，撿起弄掉的香蕉皮。
然而，在我抬頭起身之際，發現不遠處出現一大片足以籠罩我全身的巨大陰影。
「妳的性命我就在此收下了。」
巨大陰影的真面目是一位全身漆黑的魁梧男性，他用低沉的聲音說道。
我還來不及搞清楚究竟發生什麼事，連尖叫的時間都沒有，因為這一切發生得過於突然。
那男人將抬起的刀鋒直直往下揮斬。
「……！」
要被殺了——我如此想著緊閉起雙眼。然而，我感覺到身體被人「咚」地猛烈一推，耳邊傳來刀劍交鋒的尖銳金屬摩擦聲，我整個人倒在地面上。
我隨即張開雙眼，首先映入眼簾的是漫天飛散的香蕉皮。
為了保護我而擋下攻擊的是兩把短刀。一頭綠色短髮與長長的忍者頭帶隨風飄逸。
「佐助……？」
那是享有「天神屋王牌庭園師」之名的鐮鼬——佐助。
雖然肩上擱著一片香蕉皮，不過交鋒時他露出一臉淡然的表情，從那瘦小的身軀，簡直無法想像他竟能輕輕鬆鬆擋下對方的刀。
被彈開的侵入者踉蹌了幾步，往後退去。
「進攻！」

佐助重新握好短刀，瞬間衝往對方的懷裡，雙方的刀刃擦出好幾次火花。對方雖然也相當厲害，但看來佐助仍是壓倒性地大勝。

佐助現在看起來完全不像平常那個負責清掃庭院，溫和沉穩的鎌鼬。

他的眼神像是冷酷的冰霜，不帶一絲感情，宛如追捕獵物的獵人。

「唔啊！」

入侵的男子發出痛苦的悶叫聲。佐助繞向對方背後，擒拿其雙腕限制行動，並將短刀抵上對方的喉嚨。

「無禮之徒，究竟是何許人也？從何處來到這天神屋……」

就在佐助冷酷地盤問之時，我從正面看見那名從背後被制服的男子笑而不語，口中吐出微弱的妖火。

「佐助，危險！」

我當下便察覺，那簇妖火不論是要偷襲佐助，或是蔓延到地面引發大火，都會造成非常危險的情況。我拿起插在背後的八角金盤扇，站起身。

然而，在我站起身往前衝出第一步時，瞬間踩到香蕉皮而滑了一大跤。

因為這一摔，我手中的圓扇也由下往上大大揮了一下。

這把圓扇是天狗老爺爺松葉大人送我的，擁有招風的力量。

往上捲起的強風襲捲了入侵者與佐助，把他們倆吹往遙遠的天邊。

「啊啊！連佐助也被吹走了，抱歉！」

也許因為剛剛力道不受控制，這次搧出的風強得前所未見。我鐵青著臉抱住頭。

然而，擅長操縱風向的鐮鼬佐助熟練地乘著我搧出的上升風，在空中飛舞著緩緩下降。

那個男性入侵者則重重摔落地面，完全癱平。

佐助摘下男人的面具，露出一張蜥蜴般的臉。我緩緩站起身，打算釐清眼前這危險的狀況。

「佐助，你沒事吧？」

「是。這傢伙好像完全昏過去了……不過他究竟為何……」

話說到一半的佐助驚訝地猛然抬起頭，繃緊神經環視著四周戒備。他馬上回到我身邊，將我一把推開後拔出短刀應戰。

「哇！」

就在我又摔得一屁股疼而發出悶聲之時，眼前響起「匡！匡！匡！」的巨響——朝著我筆直射來的手裡劍，被佐助用短刀一一彈飛。

其中一把沒成功擋下，從佐助的身邊擦過，刺進我身後「夕顏」店外的牆壁。

「……讓他逃掉了。」

剛才襲擊我們的蜥蜴男已趁隙逃脫，不見蹤影。

佐助一臉面有難色，不一會兒又回到平時的樣子，將兩把短刀收入掛在後腰的刀鞘內。

「痛痛痛……到底怎麼回事……」

我一邊揉著摔到地上的地方，一邊站了起來。

「葵殿下，您沒受傷吧？」

「沒事，只是好幾次一屁股摔在地上……是說佐助你這不是受傷了嗎？臉頰上！」

「咦？喔喔，這種程度的小傷已經司空見慣，只是手裡劍造成的擦傷罷了。」

佐助看起來完全不在意的樣子，用拳頭抹了抹臉頰上的傷口。

「不行啦，不要碰傷口。好，你進來店裡，OK繃我多得是。」

反而是我顯得慌慌張張。

「在下的事情不值得擔心……明明剛剛葵殿下的性命才遭人覬覦。」

佐助對我露出困擾的表情，他那不帶任何顏色的視線似乎冒出了冷汗。他的外貌看起來大約也才等同國中男生，平常看起來只是個少根筋的庭園師。

現身於黑夜中的那副凜然姿態，簡直就像忍者一樣，表情也毫無破綻。

「總之得幫你療傷才行！」

「不，在下必須去稟告大老闆……」

「OK繃、OK繃。」

由於我實在太專注於佐助臉上的傷，他便嘆了口氣，拔下一根自己的頭髮。他朝著頭髮「呼」地吹了一口氣，頭髮便自己打成蝴蝶結，翩翩拍翅而去。

「那是什麼東西？」

「那是式神。這件事必須傳達給其他庭園師知道，加強天神屋的戒備才行。畢竟目前看來，葵殿下似乎沒有要放在下離去的意思。」

「哈哈哈……抱歉。」

或許我堅持要幫佐助療傷，根本是在找他麻煩……

然而佐助說：「反正今晚我也必須護衛葵殿下的安全，無妨。」便快步走進店內。

沒什麼特別目的而隨手帶來隱世的大學上課包包裡頭放有OK繃，我將其中最大的一片，貼在坐在吧檯高椅上的佐助臉上。

「……不勝感謝，葵殿下。」

佐助直直低下頭鞠躬。

嗯，雖然是因為椅子太高，不過腳搆不到地面加上兩手握拳拄在膝蓋上的這副模樣，實在可愛……這樣的孩子剛剛竟然還跟魁梧的大男人刀劍相對。之前無臉三姊妹曾說過庭園師需要具備戰鬥力，原來是這麼一回事。

「該道謝的是我才對。剛才要不是有佐助，我早就被手裡劍射穿了。真的謝謝你。」

「不敢當……原因本就出自在下戒備不周，讓無禮之徒有機可乘。」

「不過，能在佐助你們的警戒之下侵入，代表對方也相當麻煩吧。到底是何方神聖呢？」

「……」

佐助皺緊眉頭，露出嚴肅的表情微微垂低了臉龐，不知道在思考著什麼。

「欸，佐助，你肚子餓不餓？」

「咦？」

「我剛剛正在為明天開幕做準備，如果你方便的話，能不能幫我試試味道？簡單的丼飯類料理我能馬上完成唷。啊，不過你應該還有工作要……」

「要吃。」

我話還沒說完，佐助便猛抬起頭，一臉認真地打斷我。

「在下要吃。」

可能因為很重要，所以他講了兩次，還不忘加上謙稱。

佐助雙瞳中閃耀著光芒，一臉超級期待的樣子仰望著我。

對了，鐮鼬最貪吃，而且重點是食量還很驚人。

他們的工作分成早班與晚班，早班必須在妖怪起不來的大清早出外打掃庭院，如果我正好在做早飯，他們便會偷偷來到店外窺探著裡頭的動靜。

每次遇上這種情形，我都會賞點飯給他們吃。

其中佐助特別有禮貌，總是會去後山摘山菜、竹筍什麼的送給我當回禮。

「呵呵，那你在這乖乖等著，我馬上上菜。」

心情不知怎地雀躍了起來，我趕緊回到廚房裡。

「主菜做好前，先吃點馬鈴薯沙拉開胃吧。」

「……馬鈴薯沙拉？」

我將剛做好的馬鈴薯沙拉裝入小碗裡做為開胃小菜，端給吧檯另一邊的佐助。

看來佐助沒見過馬鈴薯沙拉，直盯著眼前的碗瞧。

現在正值採收春天小馬鈴薯與洋蔥的時節，也就是做馬鈴薯沙拉的好日子。

把水煮過的馬鈴薯稍微搗碎，保留一些塊狀，再加入切成薄絲泡過鹽水的洋蔥，以白味噌、鹽、胡椒、醋與一點點砂糖調味，就完成了這道口味簡單的和風馬鈴薯沙拉。

我個人比較偏好這種不加美乃滋的調味方式，吃起來很清爽。

因為春天的馬鈴薯與洋蔥特別甘甜，光這樣品嘗就非常美味。

「來，吃吃看吧。」

佐助看了我一眼，拿起筷子夾了一口。

他沒有特別發表什麼感言，不過吃了一口之後，臉上表情便化為暖暖的笑臉。沒錯，馬鈴薯沙拉就是這樣的一道菜呢。

好，我也得趕快著手料理主菜。

剛才準備到一半的材料，其中一樣是漢堡排的肉餅。

使用牛豬混合而成的絞肉中，加入雞蛋與炒軟的洋蔥末，再添加麵包粉塑型捏成肉餅——這是很常見的漢堡排食譜，只不過我習慣用麥麩皮取代麵包粉。

這是我的祖父津場木史郎偏好的做法，比較健康。而且加了麩皮後，能為漢堡排帶來鬆軟多汁的口感。

我計畫要為明天光臨店裡的天狗們準備和風漢堡排，並添上白蘿蔔泥與青紫蘇葉，淋上柑橘醋來享用。

「不過今晚就做照燒漢堡排吧。」

我像是念咒般呢喃了這麼一句，一個人偷笑了起來。

把油倒入熱好的平底鍋內，再擺上兩塊捏得圓圓的漢堡排，用油煎至兩面染上焦黃色為止。

在等待漢堡排煎好的同時，拿另一只平底鍋放到爐上開火，打蛋入鍋，煎成荷包蛋。

同一時間，也俐落地準備照燒醬汁。將醬油、味醂、酒、砂糖等妖怪最愛的調味料加上少許太白粉水調勻，滿滿地淋在煎好的漢堡排上。

滋——醬汁一淋入鍋中便發出聲響，坐在吧檯座位的佐助馬上抬起頭。照燒醬鹹鹹甜甜的氣味飄散到整個室內，讓人食慾大開。

漢堡排染上完美的照燒色，熱騰騰地起鍋。

啊啊，現在明明是半夜，卻連我的肚子都餓了起來……

「這香氣非常迷人。」

佐助吃完馬鈴薯沙拉，已經等不及了，在吧檯前坐立難安地用指尖繞著長長的忍者頭帶玩。

「哇～原來有客人上門捏～」

「啊，小不點，你剛剛在睡覺啊？」

手鞠河童小不點從店裡的房間走出來，拖著一條小方巾揉著眼睛。我的小方巾已經變成小不點的棉被了。

「嘿咻！嘿咻！」

小不點爬上佐助的座椅，踏上吧檯桌面，仰頭與佐助面面相覷。

「是鐮鼬先生呀，跟我一樣都是綠色妖怪，覺得很親切呢。」

「……」

「綠色的妖怪都是好傢伙滴～讓我們組成同盟吧。」

小不點自顧自地說出這番大話，隨後在吧檯桌面滾來滾去，擺出相當俏皮的姿勢賣弄可愛。

佐助沉默不語，壓了壓小不點軟嫩Q彈的小肚子。

「啊……？鐮鼬先生很強嗎～？」

「欸，小不點，佐助可是很強的，別拿人家跟你這種超級弱小的妖怪相提並論好嗎？」

小不點歪頭不解，看來他不相信佐助很強。

「騙人的吧？他跟我一樣散發著弱小的氣味。綠色妖怪都楚楚可憐惹人愛，不受庇護就會死翹翹滴。我們是同類對吧？」

小不點又高談闊論起自己的歪理。佐助一臉嚴肅，而我微微抖了嘴角露出苦笑。

「這到底是哪來的道理啊？佐助，你可以盡情亂捏這小傢伙喔。」

「……在下明白了。」

佐助看起來早已等不及想動手。他抓住企圖逃跑的小不點，握在手中揉了揉。

小不點彷彿一顆軟軟的橡皮球，捏起來的手感真的超舒服的。

「啊啊！請別再捏我惹，這可是嚴重滴叛變行為唷～」

「哦？何謂叛變？在下可不記得有與你結為同盟。」

「深受打擊～」

小不點被佐助冷淡地拒絕了。

「啊，聊著聊著，荷包蛋也剛好煎到半熟啦。再等等，我做個和風版本的夏威夷漢堡丼。」

「夏威夷漢堡？」

佐助猛然抬起臉龐。

「呵呵，夏威夷漢堡是現世的一種料理唷，但發源地不是日本就是了。是在白飯上擺上漢堡排跟荷包蛋來享用。」

「……」

不知道佐助的腦海中想像的是什麼畫面。他眼神放空之餘，手裡還一邊揉捏著小不點。

「抱歉呀，白飯不是現煮的。」

「冷掉的飯在下也喜歡，可以的話請裝大碗一點。」

「哈哈哈，大碗是吧，沒問題。」

我將冷飯用搭載妖火的圓盤重新加熱後，滿滿地裝入大碗公，接著在上頭鋪上兩片照燒漢堡排，醬汁也淋得特別多，再擺上半熟荷包蛋，便完成一道份量紮實的夏威夷漢堡丼。

配菜則搭配先做好存放的油炒高菜，以及切成薄片的小黃瓜。最後灑上海苔絲，和風版本的夏威夷漢堡丼便可上桌。

眼睛和嘴巴都張得又圓又大的佐助，直盯著我重重擺在他眼前的大份量丼飯。

「荷包蛋和搭配的蔬菜拌勻後，跟照燒漢堡排與白飯一起享用，會更美味唷。」

「在下開動了！」

以平時冷酷又有點散漫的佐助來說，這句話算是說得相當心急了。

隨後他便以猛烈的氣勢大快朵頤，這是鐮鼬的特性之一。

鐮鼬只要一開動，不消幾分鐘就能掃完食物。佐助端在手裡的大碗公一刻也沒放下，以大口大口的可愛吃相，把飯菜掃入口中。他把食物塞得滿嘴，拚了命狂吃的樣子，總覺得像有頰囊的鼠類小動物一樣惹人疼愛……

「哇，吃相還是跟平常一樣看起來很過癮呢。」

看著連我都覺得心情好了起來，畢竟有人願意這麼享受地吃我做的料理啊。

看著對方大吃的手鞠河童小不點，不知為何雙手掩口，慌張大叫著「哇啊啊啊啊」。

「葵小姐，人家也想要小黃瓜切剩滴頭跟尾！」

「咦？怎麼啦？」

「只有鐮鼬先生有得吃，太過分惹！」

小不點爬上吧檯與廚房之間稍微高起的檯面，替自己發聲。

實在拿他沒辦法，我便給了他切得厚厚的小黃瓜片。

小不點滿心歡喜地拿在手上，陶醉地品嘗爽脆的美味。

「感謝招待，在下吃飽了！」

絲毫不在意小不點的佐助「叩」的一聲放下碗公，代表已享用完畢。他舔了舔嘴唇，看起來非常心滿意足。碗公裡一粒米也沒剩，吃得乾乾淨淨。

「飽了嗎？」

「是的。葵殿下的手藝總是如此精湛……」

佐助將手裡的筷子也擱下，吐出長長一口氣，臉上泛起微微的紅暈。

「又甜又溫柔的滋味，讓人非常滿足。」

像照燒一樣染上紅潤色彩的他，拿起茶杯啜飲著茶來掩飾自己的害臊。

他跟小不點完全相反，無意識所展露的可愛不帶有一絲做作或心機……

這實在是讓人想把他餵得飽飽的。

「啊啊，要是佐助是我弟弟該有多好呢。」心中的願望不小心脫口而出。

「……話先說在前頭，在下比葵殿下年長許多，論年紀算起來是跟史郎殿下同輩唷。」

「咦！跟爺爺同輩？」

碎碎念的心願被佐助聽見就算了，沒想到他的年紀竟然跟祖父差不多。那也就是比大掌櫃曉還來得年長囉？這實在太驚人了。

我邊用圍裙擦乾手邊踏出廚房。為佐助的空茶杯添茶之後，他便凝視著茶，再度啜飲一口後嘆了口氣。

「在下從出生於天神屋那一刻以來，就是這裡的員工了——那約莫是八十年前的事。」

「從出生開始就是這裡的員工，真佩服呢。」

「是的。因為庭園師是在下的家族事業。在下還年輕懵懂時，也曾極其抗拒這份工作……那時在下遇見了常來天神屋的史郎殿下，曾與他一起惡作劇取樂。」

惡作劇？看起來這麼正經又純樸的佐助會惡作劇？

隨著祖父的名字登場，故事變得越來越奇怪……

「比方說，威脅天神屋的客人啦、偷吃廚房的料理啦、偷窺女性專用浴池啦……不過最後這項基本上是史郎殿下幹的。」

「我想也是呢。」

我的心境從傻眼、放棄，最後轉而接受。不過佐助竟曾和祖父有過一段調皮胡鬧的過去呢。

對他而言，那似乎是一段很珍貴的回憶。佐助像是回想起懷念的過往，平靜地說道：

「在下好幾次跟史郎殿下排排罰站，被家父或大老闆訓斥……」

「佐助被訓斥？總覺得無法想像那畫面耶。爺爺會被罵我是不意外啦。」

「呵呵，在下也是有過一段年少輕狂的過去。史郎殿下曾是在下的憧憬。」

啊，佐助笑了。他會露出笑容，還願意對我說這麼多話，實在很稀奇。我靜靜地聽他說著。

「他雖身為血肉之軀的人類，卻擁有無懼妖怪的膽量以及壓倒性的強大力量，能言善道地說服群眾、性格又蠻橫……沒錯，正是男子漢中的男子漢。遇到強者上前挑釁的同時，判斷又很敏銳，總是以讓鐮鼬也甘拜下風的速度，展露三十六計走為上策之技。」

「……那不就是個單純的卑鄙小人嗎？」

不，在純真又嚴肅的佐助眼中，祖父那自由奔放過頭的言行舉止，肯定存在著一些什麼樣的魅力……吧。

「見到葵殿下時，在下馬上就知道『啊啊，這位是史郎殿下的孫女』。您與他非常相似。」

「咦……」

我明顯露出厭惡的神情，又逗笑了佐助。

「我常常被大家這麼說呢，這完全不是誇獎呀。」

「以在下來看，這是稱讚沒錯唷。」

佐助輕巧地跳下椅子，不多做任何說明。

「托您的福，在下飽餐了一頓。下一次，在下會以客人的身分來『夕顏』叨擾。」

「沒關係啦，就像以前那樣想吃就來吃呀，不會收你錢的。」

「這可不行，這裡從明天起就是開門做生意的店家……在巡邏的空檔，在下會帶錢過來用餐的。」

佐助還是一如往常地一絲不苟。

「呵呵，這樣呀。那我就特別招待佐助，幫你升級成大碗的吧。」

「那真是太棒了！啊……嗯、咳咳！」

這樣的佐助卻在聽見「大碗」兩字時，瞬間露出歡心喜悅的表情。隨後他馬上回過神來，刻意清了清喉嚨。

這一刻讓人感到一股說不出的可愛。

「在下會加強夕顏周邊的戒備，請您安心休息吧。那麼，就先告辭了。」

佐助恢復平常的冷酷模樣，快步踏出屋外，乘著晚風輕盈地飛去。本來打算出門目送佐助的，但我才踏出店外，已遍尋不著他的身影。他應該已經融入夜色之中。

「話說回來，佐助竟然跟爺爺差不多年紀……想必妖怪們都認為人類的壽命很短暫吧。」

無論是壽命長短或老化的速度，都有著相當的差距。

人類衰老就在一瞬間，死亡也是一轉眼的事。

就連大鬧隱世的爺爺也不例外。看在妖怪眼裡，突來的死訊應該超乎他們的預料之外。

「……奇怪？這些符本來就貼在牆上嗎？」

我的目光突然聚焦在「夕顏」的外牆。原本應該插在牆上的手裡劍不見蹤影，取而代之的是類似符咒的紙張，並排成列貼得滿牆都是。

不知怎地，符咒上只寫了「護衛式神」。雖然搞不太清楚，不過讓我感到一陣安心。這些符一定是用來守護我跟這家店的。

剛才突然來襲的全黑男子們，究竟是些什麼呢？

「廚房的實習達摩……？不不不，怎麼可能？找碴的等級完全差遠了。」

方才的那些刺客是為了什麼目的前來，我無從得知，不過重要的開幕日就在明天，要是受傷了可得不償失。

「這麼說來，這個地方是鬼門中的鬼門地段。前任廚師也是剛開店就馬上受傷，我得多多小心才是。為了能隨時把妖怪吹走，我先練練搧圓扇的動作吧。」

銀次先生也提過，這個地方總是持續發生光怪陸離的事件與意外，經營狀況也很慘澹。既然發生過那種事，這裡也許真的是問題店面呢。

但也並未讓我打消開店的念頭。

成為妖怪的索命目標這種事，我在現世遇過不知幾百次了，神經得繃緊一點。

與熱鬧的祭典演奏聲相反，一股冷冽的風從正面襲來。

我抬起頭狠狠瞪著月亮，此時的我尚未理解這地方被稱為「鬼門中的鬼門」真正的原因。

插曲【一】

「……原來如此。有刺客盯上葵是嗎？佐助所言屬實嗎？」

「是。手裡劍裡夾著一捲信紙。在下從應戰刺客時的反應來看，也判斷對方的目標確實是葵殿下沒錯。」

在下庭園師佐助，正站在抽著菸管的大老闆身後，詳細稟報剛才在別館發生的事情經過。

刺客共有兩名，除了襲擊葵殿下並與在下交鋒的那位蜥蜴男以外，還有一名投擲手裡劍的人物。起初那位蜥蜴男只是誘餌的可能性也很高。

而擦過在下臉頰，刺上夕顏外牆的那只手裡劍還夾著信。

大老闆打開那捲信紙，低沉地發出一聲「嗯哼」，瞇起的雙眼一瞬間閃過詭譎的亮光。

原因在於信上寫著「食堂不可開張」。

「佐助，敵人的真實身分查明了嗎？」

「……還沒有。其他庭園師追在刺客之後，但仍讓對方跑了。」

「這樣啊。看來身手超群呢……葵的狀況怎麼樣？」

「葵殿下看起來頗為鎮靜。當然遇襲時還是有稍微受驚，不過她甚至還解救了在下，不愧是史郎殿下的孫女，擁有一等一的膽量。」

「哈哈哈哈。」

大老闆露出愉悅的笑容。明明未婚妻的性命正遭人覬覦，真是一位從容不迫的大人。

「這件事你有告訴葵嗎？」

「不，在下心想明天就是食堂開幕之日，別讓葵殿下煩心就忍著沒說……在下認為這應該交由大老闆來判斷才是。」

「這樣呀。那就不需要向她提起了。」

大老闆捲起信紙，以指尖點起的鬼火將其燒盡，不留一絲痕跡。

「無論那地方是多險峻的鬼門，『夕顏』都要開張。」

露出無畏笑容的大老闆，究竟打著什麼算盤呢？

「這件事就交給你去追查了，佐助。傳令給其他鎌鼬，要他們加強戒備，保護葵與夕顏周邊環境。」

「是！」

接下大老闆之命，在下就此告退。

無聲無息從外廊一躍而下，乘風劃破隱世的月夜，於暗中完成使命。

——在下正是天神屋的庭園師，鎌鼬。

第三話 夕顏的未來

「那麼，為了慶祝葵的『夕顏』食堂順利開幕，我本人——天狗松葉在此負責帶頭敬酒。天神屋怎樣我是不管啦，在此敬我們可愛的葵與夕顏，永遠生意興隆……乾杯！」

時間來到五月下旬，天神屋的食堂「夕顏」順利開張了。

朱門山的天狗們是開幕首日的第一組客人，在店內舉辦了極為熱鬧的宴會。

夕顏的菜單以套餐形式為主，主餐料理搭配配菜、附白飯及味噌湯。不過這次在我跟銀次先生的商量之下，決定今天一天採取自助餐形式，除了開胃菜與湯品以外的餐點都自取。店裡正中央滿滿擺放著大盤大盤的料理，可自由取用喜愛的美食。

盤子底下墊了封入妖火的鐵板，可下達保溫指令，如此便能隨時享受剛出爐般熱騰騰的佳餚。適合搭配這類餐飲方式的烹飪道具，隱世所備有的品項簡直比現世來得更多又更便利，這點實在不可思議。

年輕的天狗們似乎也對這種自助餐的方式感到很新奇。據他們所言，對於喜新厭舊的天狗來說，能盡情挑自己喜歡的東西吃實在很過癮。

我所準備的料理以日式為主，全是些簡樸的家常菜。

小芋頭燉食火雞、甜鹹炸雞翅、和風漢堡排佐白蘿蔔泥與柑橘醋。

竹筴魚南蠻漬、竹筍散壽司。

白芝麻拌四季豆、春產小馬鈴薯與洋蔥所做的薯泥沙拉。

鰹魚風味漬牛蒡小黃瓜、蜆湯。

甜點則是白玉紅豆佐豆腐冰淇淋等。

「松葉大人，小芋頭燉得怎麼樣？裡頭還有放食火雞唷。啊，這道薯泥沙拉我也很推薦。」

我東夾一點、西拿一點到盤裡，端到松葉大人所坐的吧檯位置。

「嗯哼，葵做的菜我全都要吃。」

「哈哈哈，這裡全都是我做的耶。」

松葉大人今天終於能在這裡一邊小酌一邊開心地吃頓飯了。

他特別中意的是竹筴魚南蠻漬。將炸過的竹筴魚與蔬菜泡入以醋、砂糖、醬油等材料製成的醬汁中，完成口味酸甜的魚類料理。這道菜雖然不在他的要求之中，不過我想這很下酒，加上又聽說松葉大人喜歡竹筴魚，所以便擅自加進菜單內。他中意實在太好了。

宴會持續到隔天清晨，喝醉的松葉大人沒什麼打道回府的意思，而年輕的天狗們正拚了命地把他拖進飛船裡。

「我不要～我要跟葵一起住在夕顏～」

「松葉大老，您這樣是所謂的騷擾行為喔。」

「你這傢伙說什麼？那不然我就把葵一起帶回去～」

「松葉大老，您這樣是綁架啊。」

「話說您是否忘了此行的目的是來慶祝食堂開幕呢？要是把葵殿下帶走，這家店就開不成了不是嗎？」

年輕天狗們傷透了腦筋。原來如此，看到松葉大人這副樣子，我大致能想像上次的騷動有多嚴重。

「要再來唷。」我朝著天狗們所乘坐的飛船，大大揮著手說道。

曲終人散，疲憊感在我結束收拾善後工作後一股腦兒湧出。

我坐在榻榻米客席邊，「唉～～」地長嘆了一口氣。

銀次先生幫忙泡了茶端過來。

「辛苦您了，葵小姐。今天的宴會非常成功呢。」

「謝謝……松葉大人吃得開心真是太好了。」

宴會能順利進行，主要可歸功於採取了自助餐方式。畢竟光靠我跟銀次先生兩人，光是要出菜就人手不足。

「不過，也許還是一道道現做端上桌比較好就是了。」

「……要舉辦宴席果然就需要人手呢，也許近期會決定為夕顏招募專任員工也說不定。」

「前提是平常也有這麼多客人上門的話啦。」

我扭了扭脖子，打了個大大的呵欠。

「葵小姐先歇息吧，已經超過打烊時間很久了。明天還有工作要忙，接下來請交給我。」

「謝謝你，銀次先生，不過你也要好好休息唷。雖然是這麼說，不過今天真的讓你幫了許多忙。」

「不會，夕顏隸屬於我的管轄範圍內，況且能重振這地段也是我的夢想！葵小姐如果需要幫忙就儘管說。」

銀次先生露出笑容，以慰勞的口氣催促著：「好了好了，請去休息吧。」

他無論何時都是如此溫柔又值得依靠。

「那我就去歇一會兒。我打算中午起床，要是遲遲沒醒來，你要把我敲醒唷。」

我又打了一次呵欠，向他道晚安之後，朝裡面的房間走去。

今天托松葉大人的福，讓我摸清楚開店招呼客人是怎麼一回事。

不過明天開始才是正式上場。

必須顧好這間店才行。這也是為了不辜負銀次先生的期待。

會有什麼樣的客人上門？我要端出什麼樣的料理？而對方又會給我什麼樣的回應？這些問題的答案讓我有點期待，同時也帶著一絲不安。

雖然要事事如意是不可能的，不過我想以不屈不撓的精神努力下去。

然而，所謂的現實是很殘酷的。

昨日的覺悟彷彿一場空，自從隔天以來，店裡幾乎沒什麼客人上門。

由於位處偏僻地段，加上連日雷雨的關係，沒有房客願意踏出門外靠近別館。

「唉……今天也會有一大堆飯菜要丟掉，一想到這就覺得難堪。現在又正逢梅雨季，讓人心情更憂鬱了呢。」

開店至今已過了一星期。雖然現在還沒到開門時間，不過我的心情早已先沉到谷底。

光是進行備料工作就感到空虛感湧現。

要是門可羅雀的狀況持續下去，這家店會變成怎樣？我又會變成怎樣呢？邊聽著靜靜降下的雨聲，我邊在腦海中重複著這些負面的幻想。

銀次先生有別的工作要忙，所以現在人不在店裡。畢竟他是小老闆，當然有堆積如山的其他工作等著他。

「情況再不改善也對銀次先生很不好意思，必須來想想自己能做些什麼。」

手邊工作告一段落後，我暫時走出店外。

我快步跑到連接走廊的屋簷下方，放眼望向整個中庭。打在池塘水面上的雨滴搭配庭院內綻放的繡球花，實在風雅。尤其是繡球花，競相綻放出水藍色、紫色與白色的花朵，增添一股清爽的涼意。

來到了梅雨季呢。話雖如此，天空從中午便陷入一片灰暗，在我眼裡只帶來更多的不安。

「先去櫃檯看看狀況好了。」

我想不如就來確認一下，這地方究竟離客人有多遠。

朝著通往本館的連接走廊前進，進入本館後門。微暗又帶著溼氣的狹長走廊上沒有人影，只有淅淅瀝瀝的雨聲和清涼的空氣，交織而出的氛圍讓早已走慣這條路的我也微微不安。

走在這條長廊上朝櫃檯前進的同時，我發現一件事。

在岔路或轉角處，原本應該都貼有說明夕顏食堂位置的廣告，以及指引方向的箭頭貼紙，但現在竟然全朝著不同的方向亂指。

「咦……這是怎麼回事？」

原本該往左拐的地方變成朝右，該右轉的地方又變成往上，所有箭頭都亂了方向。有些還被弄得破破爛爛的，看不出指向哪裡。

「嗯？」

在長廊的另一端，我突然瞥見好幾個身影。他們位於與夕顏反方向的路上，是我平常不會經過的路線。那些身影的舉止看起來，就像發現了我人在這裡，所以慌慌張張地逃跑一般。

那三顆圓滾滾的平頭很眼熟。

「……真是的，一定是那三個實習達摩搞的鬼。畢竟他們都來陰的。」

這次的找碴方式還頗有成效，連我自己都快在這條路上迷失方向。我將路標一一修正，帶著煩躁的心情抵達櫃檯。

因為還沒到開門營業的時間，所以只有大掌櫃曉一個人待在那裡。

他正在核對預約房客的名冊。見到總是嚴厲又愛挑剔的曉獨自認真地看著名冊，這副樣子讓我覺得很奇妙。

「欸，曉。」

我出聲叫他。曉一抬起頭看見站在櫃檯前的我，便馬上皺起臉。

「什麼？是妳啊。在這做什麼？」

「欸，你知道銀次先生在哪嗎？」

「小老闆？不清楚，小老闆很忙的，每次要找他都找不到人。他總是四處穿梭於館內呀。」

「果然……」

銀次先生雖然也不是整天都待在夕顏裡，不過看來還是花了特別多時間與心力在夕顏吧。明明還有其他工作纏身……

「怎麼了嗎？」

「就是啊……從本館到夕顏的路上，原本不是貼有指引方向的路標嗎？那些貼紙不知道被誰搞得一團亂，全都指向錯誤的地方，不然就是被弄得破破爛爛的。」

曉說了一聲「什麼？」將眉頭皺得更緊了。

「這就奇怪了，也就是說有人刻意這麼做吧。那犯人很有可能是我們館內的員工……不，這也說不準。」

曉將視線瞥向一旁，不知道在沉思些什麼。

不知道他心中是否也有底。我沒說話，只是嘆了口氣。

雖然我清楚犯人是誰，但在這裡打小報告好像又不太好。

「果然我還是沒受到這間旅館員工的認可呢。」

「也許吧。雖然在大老闆的監視下，應該沒人敢明著對妳出手，但暗中找碴倒是很有可能。畢竟館內的員工也有各自的立場。」

「……說得也是。」

就算我千方百計拒絕，但跟大老闆的婚約還是現在進行式，想必很多人都為此不滿吧。

「重點是成果。只有做出一番成績，才能獲得這間旅館全體上下的認可……」

話講到這，曉的臉龐露出難色。恐怕他也知道夕顏的生意有多慘澹。

「好，別說了。你想說的我都明白。也對呢，這是天經地義的道理啊，別說工作賺錢了，用旅館的資金開店還赤字連連，也難怪妖怪們會覺得我很礙眼嘛。」

「嗯，也是因為『夕顏』那個地段不好，至今為止開過的店都經營不善，很難說全是妳一個人的責任吧。櫃檯這裡雖然也有幫忙發傳單，但畢竟我們旅館的客房內膳食服務很有名，加上沒有選擇附晚餐方案的投宿客人們，大多會去逛銀天街填飽肚子。要是能有個什麼特色促使客人上門就好了。」

「銀次先生說過宣傳費用很吃緊，幾乎沒有預算。」

「我們家的會計在撥預算上非常嚴格呀。當時一度要拆掉別館，便是出自會計的決定……而翻案讓妳開食堂這件事，也搞得他們不太開心。」

「……會計嗎？」

會計，掌管天神屋全館的每一毛錢，是個冷酷無情、視數字為一切的部門……銀次先生是這麼說的。

這也難怪他們對看起來沒有商機的店面，不願意撥任何多餘的預算吧。

「可是，如果繼續賺不到錢，店面真的會被拆掉吧？」

想到這裡我便打了冷顫。曉看起來也無法否認，「喔～」地回了一聲將眼神飄往別處。就算說謊也好，否認一下啊！

「啊，葵小姐！終於找到您了。」

此時，踩著匆忙腳步奔往櫃檯的銀次先生現身。

他看起來慌慌張張的，應該說臉色非常差。

「葵小姐，事情不好了。」

「……怎麼了，銀次先生？」

「會計那邊要我們過去。」

銀次先生原本白皙的皮膚變得更慘白，冷汗從他臉上滑落。

雖然不太明白狀況，不過就連待在櫃檯內的曉，臉色也突然一陣鐵青。

「總總總、總之請跟我過去一趟。沒問題的，有我在。」

銀次先生拉著我的手，帶我前往被稱為「天神屋核心」的地方——會計部。一路上遇到的館內員工們，似乎全看著我「噗哧」地輕笑出聲。真是群惡劣的傢伙。

尤其是實習達摩三人組，不用多說也知道他們樂到不行，帶著不懷好意的笑容看著我。雖然我狠瞪了回去，不過最後還是被他們嗤笑了一番。

光憑這些反應，我就明白被叫過去準沒好事。

會計部的大門非常厚實，滿溢著難以言喻的緊張與沉重感。散發出的壓力強得簡直像是閻羅王就坐在門的另一邊。

「會計長是由白澤(註7)妖怪所擔任，名為白夜殿下。他精通各種學問，學識非常淵博。」

銀次先生站在大大寫著「會計部」的門前，以一種即將慷慨赴義的口吻對我說。

註7：源自中國的聖獸，諳人語，精通萬物，為民除害。在日本傳說中的形象多為獅身，長有牛角與九隻眼睛的白獸。

「白夜殿下原本是在妖都宮內效力的官員，在天神屋也坐擁高位。白澤這種妖怪擁有九隻心眼，該說能看透一切真偽嗎……就是……那個……不，就是個性比較嚴苛的一位大人，所以老實說我也不太擅長與他應對。這次找我們過去，恐怕是針對夕顏本週的營業額，有些話想對我們說吧……」

「啊，喔、喔。」

我發出詭異的聲音。對方的個性還很嚴苛，事情變得更糟了。

「沒問題的！被罵就被罵，忘卻一切重新再挑戰就好。店面才剛開始嘛，未來的路還很長！那麼，我們進去吧！」

銀次先生拍了拍我的背，努力擠出振奮人心的勵志話語。

我們打開這扇各方面來說都很沉重的門扉，踏入房內。

「打擾了。」

房間裡頭一片白，比我料想的還更空曠無色。

這又讓人覺得更加恐怖。

全白的房內有塊架高的小廳，鋪有榻榻米地板，並擺了好幾張木製的大長桌。小廳四周被屋柱所包圍，不過並沒有設拉門，是個開放式空間。

我與銀次先生到來，讓正在工作的員工們紛紛朝這裡瞄了一眼。然而也僅止於此，他們對我們並沒有多餘的興趣，持續動著手上的筆與算盤。

總覺得氣氛非常詭異。

「突然請兩位過來，實在非常抱歉。」

一位妖怪從最深處那張堆滿卷軸的桌子起身，往我們這裡走過來。

對方是位青年，有一頭淡如水的藍紫色髮絲，身上穿著袖子偏長、版型寬鬆的白色外褂。會計部的外褂一樣印有「天」字圓紋的家徽，不過與其他員工所穿的黑外褂或上衣不同，是以白色為底。

他就是會計長白夜先生嗎？

正如剛才所聽見的形容，看起來就很有高官的架子，給人不通情理的感覺。不過乍看之下好像比銀次先生來得年輕，而且總覺得非常中性。以男性來說算是非常纖細嗎？或者該說是完全不適合幹粗活的書生型呢……

不過瞇得細長的那雙深藍紫色雙眸，散發出的是毫無溫度的冷漠。

白夜先生的雙眼從瀏海的間隙露出，直直凝視著我。

「來，坐下吧。」

會計長引領我們前往這個白色空間深處的接待室坐下，那是個很簡單的房間。

他的話語中帶著有別於優雅外表的強勢。我與銀次先生老實地聽從吩咐，乖乖坐了下來。

接待室跟大老闆的內廳不一樣，沒有地爐，只是個鋪了榻榻米的四方形空間。

這裡也跟外面一樣採開放式，周圍僅被屋柱所包圍。

從待過現世的我眼裡看來，這裡某方面來說很有摩登和室的味道。現代不是有那種在西式房間一隅布置一處小巧的日式榻榻米空間嗎？這裡就是那種感覺。

一位戴著眼鏡，氣質凜然，看起來像祕書的女性端了茶進來後，會計長便開始自我介紹。

「初次見面，我是擔任會計長的白夜。以後請多關照了，津場木葵。」

「呃，是的……請多多指教，我是津場木葵。」

連我都不知為何緊張了起來，惶恐地深深點頭致意。

「那麼……」

白夜先生從袖口取出摺扇，「啪」地一聲狠狠拍上自己的手心。

那聲響讓我跟銀次先生都嚇得聳起肩膀。

「首先是小老闆。至今以來，我已多次對你超出常識範圍的瘋狂企畫睜一隻眼、閉一隻眼，但關於那棟別館的屢屢失敗，我想我是該介入了。」

「呃，是……我也認為差不多是時候了……」

就連貴為小老闆的銀次先生，在他面前也……

銀次先生低垂雙耳、卑躬屈膝的態度，讓我徹底了解這位會計長是多麼高高在上。白夜先生用摺扇敲著手，淡淡地繼續說道。

「那地方原本就不被看好，總是交出赤字。起跑點本就不如人了，再加上還有葵的債務。現階段的赤字全是你的責任，小老闆。然而再這樣下去，責任可能會擴及到葵，虧損的數字也可能加在她的債務上……」

「這怎麼行，夕顏是我的管轄範圍。如您所說，責任全在我身上。真有個萬一，我也做好辭去小老闆一職的覺悟了。」

「呵，有覺悟是很好。」

我「咦」了一聲望向銀次先生，正要插嘴時，白夜先生的摺扇又猛力敲上手心，發出很大的聲響。那陣聲音莫名震入我心頭，繚繞於耳際。

「不過小老闆，在此先提醒一聲，你已沒有退路了。你在那店面重複了太多次失敗。雖然被吩咐去接管鬼門中的鬼門地段，可說是抽中了下下籤，實在可憐沒錯……但再這樣下去，連被譽為招財狐的你都束手無策，那地方還有沒有存在的必要性，就值得商榷。」

「這、這可不行……我認為那地方還擁有很多可能性。只有拆掉別館這件事請您務必作罷，懇求您先暫時觀望一下情況。」

銀次先生深深低頭求情。

「欸……等等。」

被這兩人的對話內容所震懾的我，總算開口插了嘴。

「等一下啦。為什麼狀況會演變成這樣啊？開幕才不到一個星期不是嗎？雖然沒客人上門的確是事實沒錯。」

我可不能眼睜睜看著銀次先生受責備還悶不吭聲。

「夕顏食堂是我自己說想做才開張的，營收不好就是我的錯。為什麼會變成銀次先生需要背負的責任呢？要追究的話，就找我……」

「葵，注意妳的用詞，不許說這種不負責任的話。」

白夜先生打斷我的話，用有點刻薄的語氣開口指責，並嚴厲地盯著我。

「妳的意思是，若真有個萬一，到時妳會扛起責任嗎？妳真的認為妳扛得起嗎？」

「這、這個嘛……」

我頓時語塞。我很清楚自己隨便說出要負責的這番話，讓白夜先生非常無語。

「……受不了。人類小姑娘就是這樣，根本不懂經商的道理，不明白金錢為何物。」

白夜先生甩開手裡的摺扇，上頭大大寫著「商運興隆」。用摺扇掩口的動作彷彿是個開關，讓他進入更嚴厲的訓話模式。

「一般來說，新店家開張的第一週應該是來客數最多的時候，至今為止在那地段開過的店也都如此。然而，夕顏連這點都無法做到。我的意思就是，若繼續這樣下去那就沒得談了。」

「呃，是……」

「葵，若夕顏就這樣成為『可有可無的一間店』，那我就要請妳早早結束這齣鬧劇，嫁給大老闆，這才是所謂的負責任——應該說，這是妳唯一辦得到的事吧。」

「……」

鬧劇嗎？雖然覺得自己被講得很難聽，卻沒有反駁的餘地。

成果代表一切。無從辯駁的我被白夜先生嗤笑了一番。

「我就坦白說吧，我現在非常不悅。」

白夜先生俐落地收起手上的摺扇，將之擱在地板上。

從充滿苛責的話語中我是多少能感受到他的不悅，不過被這麼直白地一說，我更是畏縮。

「扮演拖油瓶的那間別館，本來終於有機會可以拆除，結果呢，妳就出現了。明明可以老實嫁給大老闆，妳偏偏拒絕這樁婚事，說出『要在那裡工作』這番戲言。大老闆也真讓人傷透腦筋，竟然同意妳這不知分寸的小姑娘所說的玩笑話……唉，神來一筆的性格、缺乏瞻前顧後的謹慎、具有威脅性——妳身上這些特質，真的跟津場木史郎一個樣。」

他對我講出了這番話，就如同過去每個妖怪所說的一樣。

——我跟那個不論在好或壞的方面都令人難忘的津場木史郎很像。

「對，非常像……淨為這間天神屋帶來禍害這點……還有同樣都是麻煩人物……簡直就像場大災難。」

「咦？大災難？」

「津場木史郎那男人招來的禍害可不得了。現在回想起來，我仍氣得五臟六腑都快炸掉。那男人從不知悔改，沒錯，他一直、不停、三番兩次地做出傷害天神屋的行為！」

「……」

啊，不好了，他是屬於痛恨爺爺那派的。

白夜先生剛才還冷漠淡然的口吻現在明顯急躁起來，言語中洋溢著滿滿的憤怒。他的怒氣簡直像是背後有座結冰的阿修羅像。氣得發抖的手用力握著摺扇戳著榻榻米地板，感覺扇子都快折斷了。

「葵，看來妳是不知道，正因為他之前闖下大禍，欠下那筆巨額債款，才讓天神屋陷入絕境吧。我一路以來完善管理帳簿的收支數字，竟然被那個愚蠢又卑劣的爛人擺了一道。因為那場出乎預料的意外，將帳簿變得一團亂……數字就像被施了魔法般一路往下減少……」

我跟銀次先生閉口不語，連根汗毛都不敢動，只能乖乖聽白夜先生說著。

對於實際看到數字上造成多少損失的白夜先生來說，他應該最清楚爺爺的胡鬧所招致的結果有多嚴重，以及對他精神層面的傷害有多深。

他似乎發現我與銀次先生雙雙保持沉默並感到尷尬，便喝了一口茶平復心情，說了聲「失態了」。

「嗯……不過位於中庭別館的那間店，從目前為止的狀況看來，確實很難做起來，也許不能全怪在你們頭上吧。不過，說要開業的是你們。原本就是因為那地方淨是浪費預算，所以才預定拆除的，全因大老闆力保才得以苟延殘喘。但是，不能給你們特殊待遇……」

剛才稍微激昂起來的情緒又回復原本的冷淡，白夜先生無情地連連批評我們。

「總之，問題在於知名度不足，而且地段太偏遠讓客人懶得過去，又缺乏特色，得好好想點辦法改善。」

「可、可是，會計長您如果能多少提高一點宣傳預算，那還有辦法……比方說接下來的七夕祭等等，有很多可以搭配的活動……」

「太天真了。」

「咚」的一聲，他用摺扇敲了一下榻榻米地板。

「小老闆，其他部門都能在既有的預算內賺到錢，做不出成績的部門或企畫，講白點就是拖油瓶。我們會計部是用數據來看事情，撇除任何感情，不夠好的東西就必須當機立斷地割捨掉，你應該也明白這道理才是。」

「呃、是。」

「『我們盡力了』、『已經卯足全勁』、『總有賞識的人』、『錢不能代表一切』什麼的……哼！這些話在會計部是不管用的，這點先給我搞清楚。」

「……是。」

「因此，在此向兩位報告，根據我們會計部本週所統計的數據，由於夕顏的期望值趨於低落，貴店的預算將從七月開始縮減三成。」

「……是……呃，咦？」

原本微微低著頭的銀次先生與我一口氣猛抬起臉。我們倆震驚得瞪大雙眼。

現在的經費已經少得只能湊合著用，竟然還要砍掉三成？

「這已經是寬容之下做出的決定……就這樣。你們好好加油吧。」

白夜先生隨後馬上站起身，一副不打算多說也不打算多聽的態度，他低著頭甩開摺扇，快步回到自己的辦公桌。

這個過於衝擊的決定讓我倆宛如石化般動彈不得。一會兒後，我們緩緩站起來，像兩具行屍走肉，蹣跚地離開會計部。

一踏出門外，我與銀次先生齊聲長嘆了一口氣。

踏進房前所鼓起的鬥志，已被粉碎成末飄逝而去。

「不愧是長久以來支撐天神屋的會計長……果真沒血沒淚呢。」

「被罵成這樣，反倒覺得一陣暢快……」

會計長白夜先生施予的壓力與訓斥，出乎意料地非常懾人。

「事到如今，看來真的必須在六月結束之前想點辦法。」

「……說得沒錯。」

不過，也許從一開始，要開什麼餐館本來就是天方夜譚，我嫁入大老闆家才是唯一的正確解答吧。

我將低垂的視線隨意瞥往一旁，心情變得怯懦。

「不，才剛起步而已啊！」

然而，銀次先生卻用力握緊拳頭往上一舉。

「沒問題的，葵小姐。他也沒逼我們現在就放棄一切，還能再想點法子。我也會賭上小老闆的頭銜，用盡所有方法！」

銀次先生緊緊握住我無力垂下的肩膀，讓我站得直挺挺的。

「說……說得也是呢。謝謝你，銀次先生，我會努力的……」

「是啊！葵小姐，請您打起精神！」

在銀次先生的激勵下，我總算能勉強站直身子，但仍不時感到一陣無力。

回去別館的路上，銀次先生心有不甘地對我說：

「會計部恐怕還沒放棄拆除別館一事吧。本來按道理說，會再觀察一陣子的……這次各方面都過於倉促了。」

「可見那地方有多礙眼，真的是拖油瓶吧。」

那間別館是某些人想除掉的眼中釘。

看來我真的絲毫沒弄懂「鬼門中的鬼門」所代表的意思。

必須想點改善之策，但是客人依舊沒有增加。

在銀次先生幫忙攬客之下，偶爾是會有客人上門沒錯，不過要獲利還遠遠不夠。

對於開店做生意這件事，也許我各方面都想得太天真了。

想歸想，時間還是無情地一天一天流逝。

日復一日開店做準備，煮好飯等客人上門。有客人登門就竭盡全力招待，有時也能得到一句「很好吃」的回饋，那就是對我的激勵。

然而，每一天都以為數過多的廚餘收場，令人有點心酸。

不過這也是開店的必經之路吧？

「葵～在不在呀？」

開店第二週的某日午後，正值準備時段，雪女阿涼來訪了。

「哎呀，阿涼，怎麼了？又來吃免錢的飯啊？」

「我才不會做那麼過分的事呢～那簡直像是鞭屍嘛。不過，既然飯菜剩那麼多賣不出去，要我幫忙吃也可以囉。」

「……還真好意思說。」

看來她很清楚這間夕顏的經營情況。

「呵呵，我想妳也閒著沒事做，所以有點事想委託妳啦。」

「委託？妳會有事拜託我？」

這可真稀奇。我停下手邊作業，走出吧檯向阿涼問個仔細。

阿涼馬上直接地提出要求。

「那個啊，我想拜託妳幫忙做便當。」

「……便當？」

咦？果然這傢伙只是來跟我要飯……

「不是幫我做喔，是客人的啦。」

「幫客人做便當？」

「沒錯，就是啊，有個有點問題的客人……應該說雖然貴為常客，但是有點特別。是由我負責接待服務的，讓我各方面都傷透腦筋呢……」

阿涼一屁股坐在榻榻米客席邊，說起那位客人的事情。

據她所言，那位房客名為薄荷僧，是一種叫做「入道和尚（註8）」的妖怪，聽說竟然是個名聲響徹隱世的小說家。

這陣子他都住在天神屋，好一段時間閉關在房裡寫作。稿子寫得不順時，連客房內的用餐服務都嫌麻煩而懶得動口。

最近，連接待員將膳食送進房內的動作都會被他抱怨很吵啦、害他分心什麼的，所以都閉門不應。

「可是，他這樣反而讓我們很傷腦筋啊。客人連飯都不吃，要是出了什麼事，會演變成天神屋的責任。應該說最後會怪到負責服務那間房的員工我頭上。」

「所以妳想送便當給他？到房準備膳食的服務會被嫌麻煩這點我多少能理解啦，但對方連

註8：日本傳說中的妖怪，形象為貉妖幻化成的男性僧侶，遇見之人若回頭看他，其身軀就會變得龐大。

『吃』都懶得吃的話，做成便當還不是一樣？」

「這一點就全憑妳的本事啦，我就是想拜託妳，做出讓那個怪客人也願意開動的美味便當。反正只要證明我有努力想過辦法就好啦，做做樣子也行。」

嗯，這樣子啊。

不過能讓一心專注於寫作的小說家甘願拿起筷子的便當，究竟是怎樣的便當呢？

「是沒差啦，反正我這邊食材剩很多，做個便當不成問題。」

「真的？那就……順便也幫我做一個如何？」

阿涼機靈地趁機多要了自己的份，下一秒就拿出自己的便當盒遞給我。可愛的縮緬布束口袋裡，裝著一個尺寸頗大的竹製便當盒。

「妳喔……結果目的還是為了自己嘛。」

「哎唷～雖然廚房的實習廚師會負責準備天神屋的員工餐，但最近不知道是不是因為太忙了，伙食都偷工減料，而且實習廚師愛做不做的態度，好像是好心賞我們飯吃一樣，也讓人滿不爽的。反正我們吃飯也要自己找空檔解決，還不如吃便當，又可以自己選喜歡的地方吃飯，我也樂得輕鬆呀～」

「咦？天神屋原來有提供員工伙食啊。」

我比較在意的是這一點。雖然無法想像負責做飯的是那些淨會找碴的實習達摩們，不過還是很好奇廚房會端出來怎樣的料理。

我一直很想嘗嘗天神屋正式的宴席料理，不過這目標對於現在的自己來說好像是近在咫尺卻又遠在天邊。要他們免費賞我這種人一餐根本是天方夜譚，我可開不了口。再說，感覺廚房那些達摩們也看我不順眼。

「啊，我差不多該回去了，不然可要被新上任的女二掌櫃罵得臭頭。」

阿涼起身，說了句「我傍晚會來取貨喔～」便快步踏出別館離去。看來她也很辛苦呢。

「……那就來做吧。」

要做出讓懶得吃飯的妖怪都願意動口的便當是吧。

這任務聽起來難度挺高的。不過，似乎挺有趣的不是嗎？

「一般的便當不行吧，小說家……是因為全神貫注在稿件上，所以連服務員端來房裡的食物都懶得吃吧？既然這樣，就選擇能坐在桌前一邊看稿一邊放旁邊拿著吃的食物比較好吧？」

我試著坐在榻榻米客席上，在桌前擺了本筆記本，擺出正在寫著什麼東西的姿勢。

「能用單手吃的東西……對了，利用牙籤什麼的可以插起來一口吃掉的東西，這種便當也許不錯呢，視線可以專注在稿子上不用移開。」

好，就這麼辦吧，方向決定好了，我馬上在眼前攤開的筆記本上列出候選品項。菜色大致定案後，便前往廚房。

必須趕在夕顏開店前完成才行。要裝給那位客人的便當盒，我這邊有個以前從大老闆那邊拿回來的不鏽鋼大盒子，就用那個吧。

「感覺像是在替幼稚園小孩做便當一樣呢。」

飯糰不捏成一般常見的大三角形，而改成乒乓球大小的紮實小圓球，再用兩條切成細長條的海苔裹在圓飯糰上黏出「×」字，一顆顆排好。口味有紫蘇香鬆、柴魚、什錦炊飯等，全都捏成一口大小的形狀，可以用手抓著吃。

再來還有日式炸雞塊、蔬菜煎蛋捲、圓滾滾的南瓜可樂餅、便當必備的迷你小番茄與煎魚板鮮蝦球等等。這些料理全都做成一口大小，裝進便當盒後插上幾枝牙籤，就成了深受小孩歡迎的便當。

不過以小孩子的便當來說，這種外盒太不可愛，份量又太多了吧。

「難得做便當，把牙籤也加點裝飾好了。」

我在大學上課用的包包裡東翻西找，從裝有文具的塑膠盒中拿出白色便條本、筆和膠水。

我參考以前搭過的海閣丸上所掛的船帆，也就是印有「天」字圓紋的那種船帆，在剪成小三角形的白紙上用筆畫出天字紋，再貼在牙籤上，像極了外面兒童餐插在雞肉炒飯上的國旗牙籤。

我把這些牙籤插進便當裡的小飯糰上。

小心翼翼地蓋上盒蓋，確保便當裡的菜餚擺放得整整齊齊。呼，這樣算是告一段落了。

「阿涼的便當就隨便塞一塞吧。」

我把剩下的菜全塞進阿涼拿來的便當盒裡。話雖這麼說，但機會難得，我便在牙籤上貼了一張「便當錢五百蓮」的紙條，插在煎蛋捲上。蓮是隱世這裡的貨幣單位。

「葵～做好沒～？」

阿涼挑了個好時機上門來取便當。

「算完成啦，我自認已經盡全力囉。」

「耶～我的便當。」

她已忘記原先的目的，陶醉在自己的便當裡。我在店門口目送以輕快腳步穿越連接走廊回本館的阿涼，心想著真希望她快點打開便當盒看看裡頭。

不知道那位小說家會不會願意吃呢……

在微露些許暮色的天空下，柳樹枝梢沙沙搖擺著。

由於正好也來到夕顏的開店時間，我走到店外順道掛上門簾，將門外的「準備中」木牌翻到「營業中」那一面。

第四話

與大老闆的雨中散步

是否正式進入梅雨季了呢？雨從昨天開始就沒停過。

說起來也不算大雨，比較像下個沒完沒了的小雨。

今天是夕顏的公休日。

公休日固定在每週三，跟天神屋的休館日一樣。只不過銀次先生說過，若預算從下個月開始縮減，那就勢必要增加公休日了。

「最近開始陸續有客人上門了耶……」

我停下手邊的打掃工作，店內只飄蕩著我一個人的咕噥聲。

其實這幾天來客數還算不錯。

雖然不太清楚原因何在，不過很多天神屋的員工看到我幫小說家做便當時順便包給阿涼的便當，便趁工作空檔或休息時間紛紛上門。

沒錯。包含今天在內，我已連續為小說家入道和尚妖怪——薄荷僧做了五天的便當。

我準備的便當塞滿了一口大小的配菜，由阿涼負責幫忙送過去。可能因為可以選自己喜歡的時間再吃便當，所以那位小說家還算願意買單。

吃完的便當盒他就擱在房門外，阿涼便會在就寢前過去回收，再拿到夕顏來。有件有趣的事，就是包在便當盒外的大手巾上，總是會夾著一張寫著希望菜色的信紙。

這次則是用蚯蚓亂爬般的鬼畫符筆跡寫著「想吃魚類料理」這幾個字。

一直到剛剛，我都在煩惱要做些什麼才好。

烤魚要做成能用單手拿著吃實在很有挑戰性，不過，若是把鰹魚切成塊狀做成薑燒口味，用長一點的竹籤與烤洋蔥一同串起，做成類似串燒的料理，這我倒是很拿手。

明明從未見過那妖怪的真面目，我卻持續接受他的點菜，幫忙準備便當。今天的份剛才也請阿涼拿走了。

「……咦？」

在店裡打掃到一半的我突然望向窗邊，因為剛剛眼角餘光掃到外頭有人影走過連接走廊。

「又是那些實習達摩……？不，是大老闆耶。他要來店裡嗎？」

覺得不可思議的我，腳步還是自然地踏往店外，像是去赴約一般。我在店外的屋簷下用眼神迎接大老闆，結果走在連接走廊上的他卻半途撐開了紙傘，走向通往後山的小徑。

看來並不是有事來店裡找我。

大老闆到底要去哪裡？又是要做些什麼？

「等等……等一下，大老闆！」

我不假思索地衝入雨中，追在他的身後。大老闆似乎聽見我的呼喊，在通往後山的小徑上回過頭來。
「噢，葵。怎麼了？連傘也沒撐。」
大老闆走了下來，將傘拿近淋溼的我，讓我進入傘下。
「謝謝。因為看見大老闆，不知道你要去哪裡，我就追上來了。」
「……追我？」
不知為何他的表情帶著些許驚訝，眨了兩次眼。
隨後他馬上露出耐人尋味的笑容，伸出食指說了句「上面」。
「後山上？上面有什麼？」
天神屋的後山，為了防衛天神屋後方而存在的一座小山，主要都是竹林，總是瀰漫著不知從何處冒出的熱氣。
我常常仰望山上，不過從未實際爬上去過。
「欸，我可以跟你一起去嗎？」
「……」
大老闆露出奇妙的表情沉默了一會兒。我瞇起雙眼，大概了解他的意思。
「不行對吧？我知道了。你應該也有很多難處，提出這種任性的要求真抱歉。」
「不不，不是這樣的。」
我正打算快步折回夕顏，卻被大老闆抓住了肩膀阻止。

「妳若好奇，就隨我來吧。」
「可以嗎？你剛剛的表情似乎很為難耶。」
「我沒那個意思。傘只有一把，就與我並肩同行吧。」
「……行嗎？」
「行。好了，過來。」
「……」
總覺得自己好像要任性硬要跟的小孩子。
我躲在大老闆的大傘下，免於被靜靜降下的雨水淋溼，順著竹林小徑而上。
這裡涼爽又舒適，矮竹枝葉婆娑，擦出的沙沙聲更為空氣增添一股清涼。
「真寧靜呢。天神屋的後山原來是這樣啊，我第一次知道。」
「……妳沒淋溼吧？要是感冒可就不好了。」
「沒事啦，大老闆你才是，肩膀都在傘外。」
「哈哈哈。我可是鬼神，記憶中近三百年來可不曾因為淋雨而感冒。」
「你到底多長壽啊？」
這實在讓我忍不住吐嘈一句。不知道大老闆這話到底是認真的還是純粹開玩笑，他總是顯得捉摸不定。
「啊啊，妳瞧，已經可以看見了。我就是要去那裡。」

小徑盡頭是一片稍微開闊點的空間，這裡零星座落著好幾處鄰近山崖的小溫泉。溫泉上都搭有屋頂，各個溫泉之間鋪著石版路相連。

「大老闆，你該不會……為了在這種雨天泡露天溫泉而特地過來吧？」

「喔喔，我倒沒想到呢。不然我們一起泡鴛鴦浴吧？這座是六十五度，那座是九十度，再遠一點的那座有一百度以上喔。」

「不用了，人類泡進那麼滾燙的熱水裡，可不是嚴重燙傷就能了事的。再說這裡的溫泉，顏色簡直像鮮血一樣……」

讓我臉色慘白的原因，就是這些溫泉的顏色鮮紅得誇張。旁邊的老舊木頭立牌上寫著「朱之泉」。

「這不是什麼有害身體的東西，而且還泡了一些好東西在裡頭喔……噢，這個看來差不多了呢。」

大老闆走到最邊緣的一座溫泉屋簷下，收起了傘，蹲下身子注視著溫泉。

我也跟著蹲在他身旁，興致盎然地看著紅色的溫泉水。

「嗯？」

此時，裝在朱之泉一旁靜悄悄的鈴鐺，發出了「叮鈴」的聲響。

雖然我嚇了一跳，不過大老闆就像聽到了什麼信號似地，拉起一根垂入溫泉內的竹竿。

竹竿垂掛的繩子下方掛著一只竹簍，竹簍裡放了好幾顆雞蛋。

「這這這、該不會是，溫泉蛋？」

我激動起來。大老闆臉上的苦笑就像在說「我就知道會這樣」。

「葵的反應很有趣呢。」

「因為是溫泉蛋耶，溫泉蛋！」

「是呀。都泡在溫泉裡了，百分之百是溫泉蛋沒錯。蛋白應該凝固得恰到好處，蛋黃則呈現完美半熟的狀態吧。在六十五到七十度的溫泉裡泡個三十分鐘就能完成。」

大老闆邊說明溫泉蛋的製作步驟，邊拿著竹簍站起身。

隨後，他沿著石版路去巡視其他溫泉。

「那邊那座溫泉的溫度將近一百度，所以只要泡十分鐘就能完成水煮蛋。雖然一般說的溫泉蛋大多指這邊這種半熟蛋，不過只要是泡在溫泉水裡頭，或是以溫泉蒸氣所蒸出的水煮蛋，都可以稱為溫泉蛋。」

「原來是這麼回事。這裡是專門製作各種溫泉蛋的地方嗎？」

「對。由鐮鼬他們幫忙管理。」

「該不會這些是食火雞的蛋？」

「沒錯，食火雞不僅肉質佳，下的蛋也濃醇美味。這座山的後頭就是天神屋合作的養雞場，每天早上都會幫忙運蛋過來。」

大老闆看似毫不費力地用單手撐開傘。

「來，過來這裡，我們到旁邊的小屋稍微試試味道吧。」

他將傘傾向我，又讓我躲入傘下。在製作溫泉蛋的溫泉一旁，有一間搭著茅草屋頂的小屋，我們往那前進。這間小屋看起來跟我那間別館挺像的。

屋裡是簡樸的榻榻米房間，除了陳舊的傳統梯形木櫃、老時鐘及簡單的廚房以外，沒什麼其他東西。

這裡是傳統木造式建築，屋簷很寬闊，所以大老闆將正面的拉門全打開，讓陽光與新鮮空氣流進屋內，但雨不會滴入外廊或室內。隨後大老闆打開梯形木櫃，取出好幾條純白的擦手巾。

「來。妳稍微淋到雨了吧，頭髮都貼在臉頰上囉。」

觸感輕柔的擦手巾撫上我的臉。隔著手巾也能清楚感覺到，大老闆大大的手掌完全包住我的臉頰。

不知怎地我有點緊張起來，不禁聳起肩膀。大老闆不知道是否察覺到了，溫柔地替我擦拭前額與兩側髮絲沾上的雨滴。

雖然技巧不怎麼好，但動作卻輕柔得過頭，讓我覺得哪裡怪怪的。一定是因為我曾抱怨過他指甲太尖銳的關係吧。

「大……大老闆你才是淋溼得徹底耶！」

為了掩飾不知從何湧起的羞赧，我攤開沒用過的擦手巾，仰頭使勁瞪著大老闆。

「你、你坐下。」

「嗯？」

「你在這裡坐好。」

大老闆雙眼瞪得大大的，一臉搞不清楚狀況的樣子，不過他還是照我的話就地坐下，不知為何還正坐。

「大老闆你才淋得比我更溼，所以這次換我幫你擦乾啦。」

「哦？葵可真懂禮貌啊。」

大老闆不知怎地好像挺開心，態度卻還是一貫的從容，讓我有點不甘心。

我在心裡哼了一聲，不過雙手還是擦拭著他的頭髮。話雖如此，他頭上的兩隻角尖尖地朝著我，擦起來實在很礙事。

「嗯……這對角很麻煩耶，不能拿下來嗎？」

「咦？怎麼可能有如此便利的拆卸功能啊。就是頭上有角才叫鬼啊。敢在鬼面前大剌剌地嫌角麻煩的小姑娘，妳還真是史上首見呢……葵真的每次都語出驚人。」

我看見大老闆的表情帶著些許……或應該說頗多的驚愕。

啊，大老闆是真心對我剛才那句話感到很無言。那位大老闆竟然會露出鐵青的臉色……

「……對不起，剛剛我好像說了很蠢的話。」

連我都有點害羞起來。說得對耶，就是頭上長角才叫鬼啊。

但我並未停下擦拭大老闆頭髮的動作。輕柔飄逸的黑髮被雨淋溼後，看起來比平常更長了。

話說回來，大老闆是真的溼透了，一定是因為和我並肩而行，而他把傘分給我的關係吧。大老闆應該是百般無奈才勉強答應讓我同行。

我跪在坐著的大老闆面前，替他拍去肩頭與和服衣袖上的雨水，將淋溼的地方擦乾。

此時，大老闆的眼神忽然與我對上。發現他那雙紅色眼眸從瀏海縫隙間靜靜仰望著我，我嚇了一跳。彼此的臉與身體靠得實在太近了。

意識到這一點後，我稍微縮回身子。

「幹、幹嘛啦？」

「沒事，只是想說這是我第一次從這個角度看著妳呢。」

「我的臉可沒有耐看到能被這樣盯著不放。」

我急忙站起身，背對著他盤起雙臂。

「葵，謝謝妳。」

「沒、沒什麼好謝的……這點小事而已。」

大老闆對我道謝，跟著站起身。我到底在動搖什麼，跟從容自若的大老闆差太多了。覺得自己就像隻逞強的小動物，面對這種特殊事件的經驗值實在不足到讓我自己也覺得好難堪。

「剛煮好的溫泉蛋要冷掉囉，該來享用了。」

大老闆打開另一格梯形木櫃，從中取出陶瓷小碟與木湯匙遞給我，這梯形櫃真是便利百寶箱，要什麼有什麼……

「再來就是彈珠汽水了……是放在哪一格呢？」

「彈珠汽水？」

大老闆單膝跪在櫃子的最底層前，拉開最裡面的抽屜。

令人吃驚的是，陣陣寒氣從抽屜裡冉冉上升，裡頭是用冰柱女的冰塊所架成的冷藏庫。他從中取出兩瓶彈珠汽水，把其中一瓶遞給我。

「這是採自這座山天然湧出的碳酸水所裝瓶製成的飲品，叫鬼門彈珠汽水，是大家從小喝到大的飲料。」

「這種地方突然出現彈珠汽水，嚇了我一跳……」

「能看到妳這種表情，我很開心唷。」

大老闆臉上浮現不懷好意的笑容。我心裡的不甘又多了一點。

不過，我現在滿心只有眼前的溫泉蛋與彈珠汽水。

大老闆背靠在牆上坐下，用眼神示意我坐在旁邊，我便照他的意思慌慌張張地在他身邊坐下。我從竹簍中拿起雞蛋，往地板「叩」、「叩」地敲破蛋殼，把蛋打入陶瓷小碟裡。大老闆的份也一起弄好。

噢噢……終於拜見到裡頭尚未完全凝固的蛋白，以及半熟狀態的蛋黃。充滿光澤與彈性的雞蛋還殘留著淡淡的硫磺香氣，實在無法言喻。

大老闆已在一旁把兩瓶彈珠汽水都打開。

「砰」的開瓶聲之後，傳入耳中的是嘶嘶作響的悅耳氣泡聲，充滿了初夏風情。

他從袖口取出一包以和紙包起的鹽打開，裡頭是閃耀著光芒的粗鹽。

「溫泉蛋灑一點鹽會更好吃，這是從我們館內溫泉所採集到的鹽。搭配彈珠汽水享用，別有一番風味喔。」

「溫泉蛋配彈珠汽水，這組合我是第一次嘗試呢。」

「在鬼門溫泉，這就是夏季的傳統。雖然現在時節尚早就是了。」

「哇～～」

「夏季的傳統」啊。

我依照大老闆的推薦，捏了一撮鹽灑在雞蛋上頭。我端著裝有溫泉蛋的小碟子，用木匙劃破蛋黃，舀起一口的份量。

微微凝固但還處於半熟狀態的蛋黃，旁邊帶了少許滑順的蛋白。

我的忍耐已到極限，大口放入嘴裡。

「……唔。」

富有層次的雞蛋香氣在口中瞬間擴散開來，醇厚又濃郁的滋味加上直竄鼻腔的硫磺香氣，令我忍不住發出讚嘆的呻吟，緊繃的肩膀也放鬆下來。多加這一點點的鹽，更能帶出雞蛋的香甜。

「哎，老實說我覺得食材原味的美味，根本凌駕於料理的手藝啊。」

「哈哈哈哈哈。這是什麼敗北宣言，明明自己也是個廚師。」

不知道大老闆覺得哪裡有趣，拍著膝蓋笑了出來。

在開口反駁之前，我先喝了彈珠汽水。瓶內不停響著嘶嘶的氣泡聲，喝起來雖然帶著微甜，但味道比起市售汽水更清爽暢快。

「這是什麼……好棒喔，喝起來非常爽口呢。」

「很不錯吧？這是純天然水獨有的口味，裡頭沒添加一丁點多餘的香料，跟溫泉蛋的濃醇餘味很搭唷。」

我又吃了一口蛋。嘴裡剛喝完氣泡水而一陣清新，現在蛋黃吃起來更顯濃郁。這真是讓人無法抗拒的罪惡組合啊。

「……」

我好一陣子都只是沉默不語地埋頭猛吃。

從敞開的外廊可望見外頭的雨景，以及繡球花綻放的一片藍紫色。

在這梅雨季節淅淅瀝瀝的雨聲中吃著溫泉蛋配彈珠汽水，這異色的風情讓人覺得頗為風雅。

近在眼前的夏天悄悄地捎來預告。

「話說回來……大老闆，你來這的目的是什麼？就為了吃這個溫泉蛋？」

「這也是其中之一沒錯。這地方就像是我個人專屬的別館一樣，我常一個人過來發呆，特別是雨天。光是待在這裡欣賞雨景，就讓我覺得心情舒爽多了。」

「哇……大老闆也有這種興趣喔。」

「當然。我也有想獨自靜靜的時候。」

「……真抱歉喔，在你想一個人靜靜時我卻擅自跟來了。」

原來如此，難怪剛剛我說想跟來時，他露出了奇妙的表情。

我大口飲下彈珠汽水，圓滾滾的珠子在瓶子裡轉動，發出「匡啷」的清脆聲響。

大老闆再度用一臉詫異的表情看著我。

「妳在說什麼？我才比較驚訝妳怎麼會想跟過來呢。」

「咦？」

「畢竟妳對我……嗯……就是……」

大老闆語帶躊躇，瞥開了視線。

「什麼啦？看來我跟過來果然帶給你諸多不便，對吧？」

「沒有這回事。」

大老闆直直看著我，果斷地否定。

「哎呀，反正我並不抗拒讓妳來這裡喔，應該說還有點高興。一個人思考雖然很棒，不過能跟未婚妻兩人獨處也不錯。」

他露出從容的微笑，像是想把什麼敷衍過去，實在可疑得不得了。

「哼，鎌鼬他們一定也藏身在某處看著吧，這跟兩人獨處可差得遠囉。」

我用彆扭的口氣回嘴，然後繼續吃溫泉蛋，並把彈珠汽水也喝光。

雨聲依然打著與剛才相同的節奏。積在屋簷滴下的雨水，就像一顆顆珠子串連成線，眼中所見的畫面閃閃發亮。

「……葵，夕顏最近怎麼樣？」

「……」

大老闆終究還是提起這件事。我陷入短暫的沉默。不過也沒辦法，畢竟天神屋裡的大小事他應該無所不知吧。

「很艱難呢，各方面都覺得不好做……」

我老實地一句一句吐出，就像一滴滴落下的雨水。

至今發生的各種狀況、會計部那邊的問題、便當的事，還有下個月的到來……

「繼續這樣下去，下個月可能得減少營業日。不過最近慢慢有客人上門，我覺得還有努力的空間。」

「這樣嗎？葵真是勇往直前呢！」

「……」

「……但是逞強是不好的。妳沒什麼睡對吧？」

「……咦？」

我抬起低垂的臉。

為什麼大老闆連這種事都知道？

「從我的房間可以望見夕顏，屋內的燈火過了打烊時間依然亮著，而且妳似乎起得很早。隱世的作息時間與現世不同，對妳來說是很大的負擔吧？光是要適應這裡的生活步調就有些難熬了，更何況……」

大老闆用穩重又低沉的聲音說著，從袖口拿出菸管。

他用鬼火點了菸，開始吞雲吐霧，這模樣果然很像一幅畫。

「雖然有銀次幫忙，但每天一個人在食堂忙進忙出可是會累積疲勞的。就算會計部那邊沒有說話，把營業日減少一點或許也比較好。」

「是這樣嗎？」

「是呀，凡事都有所謂的效率問題，而旅館這地方也有分淡季、旺季。像是現在這梅雨時節或寒冬，客人都不怎麼上門的。」

大老闆站起身走向敞開的外廊，一路走到有屋簷遮蔽的最盡頭處，仰望著陰暗的天空。我也跟著站在他旁邊，朝相同的方向望去。

雖然如此，但我並不清楚他的視線究竟落在何處。

「那間食堂所擁有的武器，除了妳的手藝之外，我認為還包含了地段唷。雖然說那裡是鬼門中的鬼門，這是不變的事實，但若能做出什麼特色，那地方就擁有類似隱密小店的稀有價值，就像那種老饕才知道的私房好店吧。顧客有慢慢累積起來就沒問題了，想一開張便生意興隆，這種好運不可能隨時降臨的。就算真的有，走這種險路也容易落馬，一步一腳印方為上策。」

「……大老闆。」

「不用焦急……因為妳做的菜確實很美味，不需要擔心。」

「……」

這番話深深打進我的心。我這才明白，自己因為著急反而變得綁手綁腳。現在莫名湧上一股有點想哭的衝動。

「謝謝你，大老闆。果然大老闆是無敵的鬼神呢。」

唯有這一刻，我坦率地向他表達感謝之意。

「那妳願意嫁給這樣的我嗎？」

「……把我難得的感動還給我。」

在這節骨眼依然不忘毛遂自薦的大老闆，某方面來說真的很不屈不撓。不過，也正因為他是這樣的妖怪，才能坐上這間大旅館的大老闆之位吧。大老闆備受員工尊敬的原因我並非不明白，畢竟我也……

「我……去洗碗，屋裡的廚房借我用一下喔。」

我把剛用完的餐具洗好收進櫃子裡，整理善後並沒有花上太多時間。

「欸，大老闆，我有點事想拜託你。」

我一邊用圍裙擦著手，一邊走近正看著雨景吞雲吐霧的大老闆。

「哦？妳會有事相求……？」

我一臉認真的表情，讓大老闆詫異地轉過身。

「竹簍裡剩下的溫泉蛋……我可以帶回去嗎？」

「……我早就料到了。看來我最近漸漸能猜中妳的心意了，算是一種進步呢。」

大老闆乾脆地把竹簍遞給我，一臉拿我沒轍的樣子。

「耶～拿這些來入菜吧。」

「彈珠汽水妳也可以帶回去唷。不只今日……只要妳想來，隨時都能過來拿溫泉蛋跟彈珠汽水，畢竟葵是我的新娘呀。」

「『新娘』這兩個字我就當作沒聽到。那我就隨時過來拿囉。」

「……好。」

「謝謝你，大老闆！」

「……喔喔。」

我露出至今為止最開懷的笑容向大老闆道謝，不過他的反應卻很冷淡。

儘管如此，大老闆仍從櫃子裡挖出好幾瓶彈珠汽水，還說很重所以幫我拿著。

「回去吧。」大老闆說道，撐開了紙傘。

我抱著裝了蛋的竹簍，帶著喜悅的心情走進大老闆的傘下，離開這間小屋。

我們沿著來時的竹林小徑一路往下。

淅淅瀝瀝的雨滴打在繡球花上，順著花瓣滑下。

「……不過呢，葵……」

「嗯？」

大老闆突然開口，好像想接續剛才講到一半的話題。

「良機都藏在意想不到的地方，這世界就是這麼一回事。」

「……良機？」

「正因為未來的事誰也無法預料，所以做生意才有樂趣呀。」

我踩著地上的積水。陽光從積雲的縫隙之間探出頭來。

雨停了——

大老闆彷彿等待這一刻許久，凝視著我，對我露出耐人尋味的笑容。

時間來到當天晚上。

雨停之後天氣有些悶熱。現在是深夜時分，對妖怪而言一天才正要開始。

明天的開店準備作業已經完成，我正打算使用大老闆給的溫泉蛋隨便做點晚餐，所以看了看剩餘的食材。

「這麼說來，豬五花肉還有剩呢，做道涮豬肉沙拉，打顆溫泉蛋在上面一起吃，感覺很不賴。再淋上芝麻醬的話就太讚了。」

雖然白天就吃過溫泉蛋，還說什麼食材原味是最棒的。

「……嗯？」

滿心沉醉在涮豬肉沙拉的幻想時，人在吧檯內的我突然瞥見店門口旁的格子窗上，浮現一張類似人臉的模糊影子，不禁嚇了一跳。

我想會不會是阿涼，不過如果是她，早就直接進門了才對……

「啊，也許是鐮鼬吧。」

我猜想也許是鐮鼬肚子餓了，可能他們忘記今天是公休日而跑過來。我走出店外，結果一個人影也沒有。

正當我滿頭問號地回到店內，外頭又傳來窸窸窣窣的聲響。

「是、是誰？該不會又是可疑分子……？不，一定是那些實習達摩吧，這次我一定要給你們好看。」

這真是個好機會——我心想，一個人暗自露出邪惡的笑容，拿出插在背後的八角金盤扇。

我躡手躡腳地走近門口，緩緩將手放上大門。

如果外頭的確實是達摩，我就毫不留情地把他們轟走。

我一邊認真地擬定這荒唐的計畫，一邊猛力拉開店門。

「……咦……？」

然而門一打開的瞬間，我馬上瞪大雙眼。

出現在眼前的是張白色能劇面具，上頭是一張幾乎毫無表情的人臉，白得令人有點發毛。

對於這出乎意料的相遇，我嚇得僵在原地，連呼吸都快忘了。

該不會……這張面具該不會就是……

「啊啊！不好意思，非常抱歉！」

「……呃，這個……」

不過很奇怪呢，這個戴著白色能面的傢伙個子非常嬌小，看看面具以外露出的地方，身形感覺很像動物？應該說他整個人毛茸茸的。

對方看到我突然拉開店門舉起手中圓扇，還一臉駭人的表情，似乎是嚇了一大跳。

而當我發覺妖怪手裡拿著扁扁的鐵便當盒時，才恍然大悟。

「咦？啊！非、非常抱歉！你該不會是那位小說家吧？我剛才以為有可疑分子入侵……」

「咦？啊，這便當……果然是您準備的嗎？」

妖怪聽我一說，便緩緩站起身子，摘下面具。

面具下是一隻戴著圓框眼鏡的貉妖，至於為何在面具底下還戴眼鏡，這點我就先不吐嘈了。

「鄙人是入道和尚，名叫薄荷僧。明天將告別這間天神屋，由於是最後一天待在這裡，所以來向您道謝。」

「……我還以為入道和尚是體積很龐大的和尚妖怪……」

「喔喔，那是化為人形時的模樣。貉妖可以變化成比自己巨大許多的形體。在現世，貉妖自古以來便是幻化成大和尚的外型欺騙人類以討生活的，想必是來自這樣的印象吧。是的。」

「你們會幻化成……人形？」

「沒錯。因此所謂的入道和尚，其實就是貉妖。是的！」

這位以兩足行走的貉妖，也就是入道和尚薄荷僧，以高分貝的聲音對我說明。

他的身高差不多到我腰間，四肢是黑色的，指甲頗尖銳。

「……」

加速的心跳遲遲無法平緩。我一直非常在意薄荷僧先生手中拿著的白色能面。

他以單手將空便當盒遞給我。

「便當非常美味，可以單手拿著吃這點實在太棒了。鄙人在寫稿時，特別是寫總被截稿期限追著跑的週刊連載作品之時，常常忙得昏天暗地，連飯都不想吃。所以，能自己挑方便的時間隨意拿著吃的便當，實在是太合胃口了。是的。」

從阿涼的描述聽來，我本來以為對方是個更加固執又任性的古怪彆扭小說家。不過他出乎預料地溫和穩重，還毛茸茸的好可愛。

「太好了，你喜歡就好。」

我稍微平復了情緒，露出笑容收下便當盒。薄荷僧先生原本微微抖著的小鼻子一瞬間停了下來，然後他開始扭扭捏捏的，好像很害羞。

「鄙人聽阿涼小姐說過，小姐您是人類，在這邊開食堂……」

「嗯嗯，對唷。我是人類。這間食堂叫夕顏。」

「原來如此……人類……鄙人是初次拜見人類姑娘的尊容。是的。」

薄荷僧先生一臉新奇的表情瞄著我的臉。

「初次？你沒有去過現世嗎？」

「咦？呃、是、這當然。鄙人是很想去一次看看……是的！」

「……這樣啊。」

剛才還抱有一絲期待，心想這位薄荷僧先生也許是過去曾救過我的「那位妖怪」，不過從他的言談看來，似乎是我搞錯了……

此時，薄荷僧先生的肚子發出「咕嚕」的聲音。

他羞紅了臉，雙手掩面。

「實在失態了，由於鄙人剛剛鬆了一口氣的緣故……」

「你是不是還沒吃飯呢？」

「呃，是。最近太期待便當菜色，阿涼小姐每次一送來，我就馬上吃完了。」

他微微點頭。看到餓著肚子的妖怪在眼前，我又感到一陣不明所以的焦慮，於是「啊」了一聲闔起手。

「這麼說來，我這裡有天神屋的招牌美味溫泉蛋耶，薄荷僧先生，要不要吃個涮豬肉沙拉再走？啊，不過你還有工作吧？忙著截稿什麼的……」

「這點不用擔心，稿子已經差不多完工了。是的！」

薄荷僧先生似乎很慌張，用有點著急的口氣說道。

「不過，這樣您方便嗎？店門外掛著休息中的牌子。而且，鄙人也沒帶荷包來。是的。」

「這你不用在意啦，我剛才也正打算做頓消夜來吃。是我自己想要招待你。」

我推著客套的薄荷僧先生，催促他入座。一坐上吧檯的位置，他便東張西望地觀察四周環境，並拿著不知從哪掏出來、類似小筆記本的本子與鉛筆。

我將熱茶與溼毛巾端上桌，湊近看了看他的筆記本，緊密排列的字跡不知道寫滿些什麼，讓我看了有些驚奇。

「該不會是為了小說取材……？」

「由於永遠不知道下一次會用到什麼題材，所以只要遇到有趣的事，鄙人就會馬上記下來。是的。」

「這裡有什麼有趣的嗎？只是間破破爛爛的別館耶。」

「當然有！從根本說起來，老字號旅館內竟然有這麼一處不為人知的桃花源，還有人類姑娘在這裡經營食堂，光是這些對鄙人來說就是絕佳的寫作材料……呃、咳咳，失禮了。」

薄荷僧先生喝一口剛端上桌的茶，平復剛才激動起來的心情。

雖然搞不太懂，不過與熱鬧的本館天差地別、如此荒涼的這間別館，在身為小說家的薄荷僧先生眼中似乎很有新鮮感。

「那你等我一下唷。」

我回到廚房，馬上開始準備兩人份的涮豬肉沙拉。

這道簡單的料理實在沒什麼訣竅。

在等待水煮沸的時間，先把豬五花薄片抹上太白粉，水滾後將肉下鍋燙一下，用篩子撈起後放涼。

用手把萵苣葉撕成小片，裝進妖都切割所出產、洋溢清涼感的玻璃碗中，再將小黃瓜、水菜、番茄等蔬菜依照喜好切成適當大小，擺盤時留意配色。

將放涼的豬五花肉以圓圈狀排在蔬菜上頭，主角溫泉蛋打進中間的凹洞。

最後用先前做好的芝麻醬調味。

這樣就大功告成了。在這微微悶熱的夜晚，最適合享用這道清爽的料理。

「來，久等了！這是溫泉蛋涮豬肉沙拉。」

這名稱取得太簡略了，正確來說，應該是涮豬五花涼拌沙拉佐溫泉蛋才對。

我拿了兩只大碗放在吧檯客席的桌面上。

薄荷僧先生似乎對眼前的料理感到很稀奇，上下左右打量了一番，又抖了抖他的鼻子。

「很新奇嗎？是不是不太常吃到這類料理呢？」

「涮豬肉鄙人是有吃過，也吃過生菜盤，溫泉蛋也嘗過。但把這些湊在一起變成這道料理就沒試過了。是的。」

「哈哈哈，這算是自己亂湊的一道菜啦。不過在現世該說蔚為主流嗎？還挺有人氣的，因為在夏天特別清爽開胃呢。」

在說話的同時我發現了一點：即使是在隱世司空見慣的各種料理，也能透過搭配、組合誕生全新的樣貌。

我與薄荷僧先生並肩而坐，一起享用涮豬肉沙拉。看他用長長的爪子也能熟練地握住筷子，總覺得好神奇。

喀滋喀滋，我很喜歡嘴裡吃著生菜時所發出的清脆聲響。

一邊將濃濃的溫泉蛋與葉菜沙拉、涮豬肉、芝麻醬等混合均勻，一邊送入口中，正是這道料理的醍醐味。在生菜爽脆的口感中，交織著豬五花的鮮味與溫泉蛋的濃醇，是絕妙的搭配。用芝麻醬來調味果然是最正統的美味。

「這……這道菜非常棒。鄙人常常未能攝取充分的蔬菜，果然生菜吃起來最天然。涮豬肉與溫泉蛋加上生菜竟然如此契合，鄙人這還是第一次知道。是的。」

「飽足感也很夠對吧？光是這道就能當作主菜來享用，做法又簡單，還可以同時攝取肉類跟蔬菜。」

「還有這芝麻醬也是一絕，甜甜的濃郁風味太犯規了，還能一嘗鬼門溫泉蛋，可說一石二鳥，這實在太享受了。是的。」

「啊啊，也對呢，畢竟似乎很多客人都說想嘗嘗這裡的溫泉蛋。」

之前去銀天街時，大老闆跟銀次先生也曾說過，菜單裡可加入一些在地名產或土產食材，因為很多客人專程遠道而來的目的就是這個。

雖然是很簡單的一道菜，不過當成夏季料理在夕顏推出好像也不錯。裡頭用了天神屋的溫泉蛋入菜，寫在菜單上感覺很吸引人。

「鬼門溫泉蛋佐豪華涮豬肉沙拉套餐，即日起上桌」之類的。

嗯……料理名好像有點太長了呢……

「話說回來，薄荷僧先生，我聽說你在這間天神屋閉關寫小說，很好奇你怎麼會特地跑來住宿？你住在天神屋附近嗎？」

「不，鄙人定居於妖都，會來天神屋，算是一種祈願吧，是的。」

祈願？來天神屋是為了祈願，到底所為何事？

「鄙人天生體弱多病，自幼便常來天神屋泡溫泉。沒錯，是為了養病的樣子。」

薄荷僧先生開始說起自己的故事。

「因此，鄙人跟天神屋的大老闆也結識了非常久的歲月，從小便承蒙諸多照顧。大老闆堅強又高貴，是妖怪中的妖怪，鬼中之鬼。對，鄙人非常景仰他。因此，鄙人出道作的小說主角，便是以貴館的大老闆為雛形。」

「咦？這可真驚人。」

我不由自主地停下筷子。以大老闆為雛形所寫的小說，到底會是怎樣的故事啊？

不過想想的確也是，大老闆身上具備了許多感覺在故事裡才會出現的要素。

「多虧那部出道作品，才得以造就現在的鄙人。寫稿時為求集中精神，鄙人會前往各家旅館閉關……然而，遇到喘不過氣、原稿進度停滯不前、陷入瓶頸之時，這裡終究是鄙人的避風港，也就是所謂的回歸原點。是的。」

薄荷僧先生已將沙拉吃得一乾二淨，擱下筷子後啜飲著熱茶。

他時而抬起頭凝望著遠方。

「待在天神屋讓鄙人覺得很放鬆……應該說寫稿也會寫得比較順利，最後總能勉強度過難關。說穿了全是托天神屋的福，鄙人現在才得以繼續執筆寫作。這次也是，獲得了美味的便當……以及一段美好的相遇。是的。」

薄荷僧先生仰望著我。

他的表情充滿溫和與安詳，微微抖動的長鼻與鬍鬚真的很可愛。

「呵呵，便當能合你胃口真是太好了。那可是我每天絞盡腦汁做出來的唷。」

「鄙人有什麼能報答您的嗎？誠如您所見，鄙人只是個寫小說的，但天生個性受人點滴必湧泉以報。是的。」

「講什麼報答……哈哈哈，太誇張了啦。」

話雖這麼說，但薄荷僧先生的表情相當認真。

「那不然……薄荷僧先生，你那面具可以借我看看嗎？」

「咦？您說這個嗎？」

雖然他對於這天外飛來一筆的願望感到十分困惑，不過仍馬上拿起放在隔壁座位上的白色能面遞給我。

「……」

拿在手上才發現重量非常輕，表面光滑。果然，越看越像那個存在我記憶中的妖怪所戴的白色面具。

能劇面具上沒有多餘的裝飾，僅是一張面無表情的人臉造型，宛如當時在一片寂靜中悄然現身的，那張淡然純白的面孔。

我同時也感到恐懼，湧起了一股與最初看見面具時相同的感受。

「您只要看看而已嗎？如果中意的話，請您笑納吧。是的。」

「不、不用啦，收下就太不好意思了。」

「您不用客氣，這是鄙人在南方大地買到的。是的。」

「……南方大地……？那個，方便的話可以請你說明得清楚一點嗎？」

我不禁緊緊抓住這個意外降臨的情報。

「我曾經在現世被一個戴著類似面具的妖怪救了性命……所以，我正在找他。」

看著一臉認真說明的我，薄荷僧先生圓框眼鏡下的雙眼驚訝得眨個不停。

隨後他便為我說明了面具的由來。

「這張面具，鄙人是從南方大地的土產店買來的。是的。南方大地那裡的面具大多都是這種類型。是的。」

「……是嗎？」

「是的。也許您在找尋的那位妖怪，是出身自南方大地也說不定呢。」

「……」

「話雖如此，要馬上縮小範圍也許有點難度吧。再怎麼說，這類面具在當地到處都有賣，況且南方大地是人潮不輸鬼門的觀光勝地，許多遊客都會買這種面具帶回家當紀念呢……」

「……這樣啊。」

我明顯無力地垂下視線。

這樣啊。那張面具是大量生產的商品，所以可能很多妖怪都有。

「總覺得很抱歉，向你打聽這種奇怪的問題。」

「不會，沒有這回事。是的。」

我將面具還給薄荷僧先生，他微微抖了抖鼻子，接過面具。

隨後他雙頰染上淡淡的紅暈，扭扭捏捏地開口詢問我：

「那個……如果方便的話，可以請教您的大名嗎？準備便當的這位小姐。」

「咦？我嗎？啊，我好像忘記自我介紹，對不起。我叫津場木葵。」

「……津場木？」

聞言，薄荷僧先生微微抖動的鼻子瞬間停下來，彷彿連時間都靜止了一般。

然而，他的全身開始顫抖個不停，沒來由地失去冷靜。

「咿呀呀呀呀！」

「咦、咦？」

「終於來啦啊啊啊啊啊啊！」

我嚇一跳，真的快嚇死了。

薄荷僧先生突然發出刺耳的尖叫聲。

「薄荷僧先生，你是怎麼了？」

「哎呀呀，原來如此，您就是津場木史郎的孫女！也就是那個大老闆的未婚妻——天神屋的『鬼妻』！」

「……呃，這個嘛……」

「說起津場木史郎，可說是一時間撼動小說圈的大人物，還有人拿他做為角色的雛形呢！也就是知名的大惡人！黑暗英雄！」

「咦……惡人？黑暗……咦？」

「這樣的津場木史郎，膝下的孫女竟然即將嫁給命運的宿敵——天神屋的大老闆！這是多麼多舛的命運！實在太熱血沸騰、引人入勝了！」

「……」

「我不能繼續坐在這裡！靈感、靈感湧出來了！稿子、啊啊稿子，稿子正在呼喚著鄙人……下一部的劇情已經顯現在眼前啦！」

薄荷僧先生喪失剛才的冷靜穩重，亢奮不已地把白色能面面具扔在一旁，從吧檯客席的椅子一口氣跳下去。

他踏著「叩叩叩」的腳步在店裡快走了一圈，又衝往中庭的夜色之中。

「……咦？」

被嚇壞的我終於了解瞠目結舌是什麼意思。到底發生了什麼事，我毫無頭緒。

雖然妖怪都有古怪的一面，但就連已經對他們司空見慣的我，看見剛才的狀況也嚇得傻眼。看來薄荷僧先生的小說家之魂似乎被激起，跑回去跟稿子奮戰了。

「嗯……爺爺是知名的大惡人？這是不難想像啦，但到底是怎麼回事？」

話說，爺爺跟大老闆是命運的宿敵嗎？

還是說，以這兩人為角色的小說很流行？

完全搞不懂，但好像有點想讀讀看。

「啊～真是的……剛才好吵唷～」

「啊，小不點，你醒啦？」

「因為聽見很奇怪的叫聲。都是那聲音，害我做了個惡夢，夢見自己被葵小姐大卸八塊吃掉惹，所以才醒來滴。」

手鞠河童小不點從裡面的房間走出來。不知道是不是還沒睡醒，搖搖晃晃地摔得翻肚。

「這種夢的確有點嚇人呢……不對，為什麼會夢到我變成壞人啊！」

「呼——呼——」

「你呀，裝睡也沒用喔，我要把你最喜歡的壽司捲拿掉小黃瓜唷。」

「這可就大事不妙惹。」

躺著的小不點馬上站起身，果然剛才在裝睡啊。

我嘆著氣，撿起被擱在店裡的白色能面踏出店外。

本以為薄荷僧先生恢復理智後應該會回到店裡，不過，這一天再也沒見著他的身影了。

隔天還是很在意的我，向阿涼打聽才知道他似乎已經退房，從天神屋回到妖都去了，就這樣把白色能面忘在夕顏沒有帶走。

然而，沒過多久我便再次聽見他的名字。

廚房內滿溢著香甜的氣味。

「煮紅豆散發出的甘甜味真令人難以抗拒呢！」

「只要有這個紅豆餡，要做出任何紅豆類的點心或料理都沒問題囉。」

站在一旁的銀次先生喃喃自語著：「要做些什麼好呢？」

化身為青年外型，身穿和服並綁著束袖帶的他，手抵著下巴思考了一會兒。

夕顏的客人漸漸增加了。話雖如此，距離高朋滿座還很遙遠。

我心想消沉也沒用，正與銀次先生一起構思能更有效吸引妖怪的甜點。

「再怎麼說，煮得甜甜的紅豆都是妖怪的最愛，不管做成什麼點心或料理應該都很受歡迎……不過說到紅豆餡點心，銀天街已經有賣星枝麻糬，現在的商機應該在涼點或冰品吧，畢竟接下來天氣要轉熱了。」

「原來如此，的確是呢。」

看來不論是人是妖，一到夏天就想吃清涼消暑的點心。

而妖怪又格外熱愛甜點，因此為夏日菜單添加新的甜品可說是必要的課題。

「既然這樣，加上水羊羹跟紅豆麻糬涼湯如何？」

「啊，這點子不錯呢，我也喜歡紅豆麻糬涼湯。再來呢……餡蜜（註9）也不錯吧。以前我去現世時曾吃過餡蜜聖代，實在是一絕。隱世雖然也有賣餡蜜，不過加了霜淇淋的似乎不是那麼廣為人知。」

「哇～那餡蜜聖代似乎不錯，裡頭的寒天凍吃起來很清涼，還加了水果與求肥（註10）。而且，我最喜歡紅豆餡搭配鮮奶油或冰淇淋的組合了，簡直是我心中的黃金拍檔。」

那是東方與西方的代表性甜點，跨越海洋邂逅而交織出的奇蹟美味……

正當我自己陶醉不已時，銀次先生突然拍手大喊：「太美妙了！」

「既然如此，就以這類甜點做主打吧！紅豆×霜淇淋，這搭配可行，能引起潮流……」

什麼可行？哪裡又能引起潮流？進入工作模式的銀次先生火力全開，以有點懾人的氣勢，拿著不知從哪生出來的筆記本，寫著需要的食材與預算。

不過的確沒錯，現世已經家喻戶曉的紅豆×霜淇淋組合，在妖怪的世界還不常見。

之前我替薄荷僧先生做溫泉蛋涮豬肉沙拉時也這樣想過，即使兩個世界都有各自的食物，但只要搭配組合，就能在隱世創造出新的料理。

註9：將寒天、蜜紅豆、水果、白玉湯圓、冰淇淋等裝成盤，吃的時候淋上黑糖蜜，是日本夏季的代表甜點。

註10：以湯圓粉、水、砂糖或麥芽糖揉製而成的日式甜點，口感類似麻糬，常用來當大福、雪莓娘的外皮。

話雖如此，但隱世的妖怪們也紛紛開始關注現世的現代日本所孕育的文化、料理與點心。即使隱世與現世之間有往來上的限制，但也有許多商人購買大量境界石門的通行票，頻繁往來於兩世，也為隱世傳進了一些新料理與點心，在這裡經過調整後，又蛻變成全新的進化版。

我將視線移往擺放眾多食材的料理檯上。雖然決定製作紅豆餡×霜淇淋的點心，但這裡沒有打發的鮮奶油，也沒有做冰淇淋用的液態鮮奶油。牛奶倒是有啦……

「欸，銀次先生，隱世有液態鮮奶油這種東西嗎？」

聽我一問，銀次先生動了動那對毛茸茸的銀色耳朵。

「……有是有，只不過隱世這裡還沒有普遍食用的習慣，所以不是隨處可見的商品，似乎都是從酪農牧場直接買進的呢。」

「這樣啊……看來有點難弄到手。」

「不會，沒這種事的。客人泡完澡後必來一瓶的天神屋招牌美味牛奶，就是從牛鬼經營的牧場直接進貨的，只要跟對方交涉一下，應該也能便宜買進液態鮮奶油吧，我想無須擔心。」

「咦？牛鬼還經營牧場喔！」

比起液態鮮奶油跟牛奶，我現在更在意的是這點。

所謂的牛鬼，據祖父所言是擁有牛頭鬼身、個性殘暴兇猛的一種妖怪，所以實在無法想像他們生產乳製品的模樣。

不過隱世的妖怪們果然各司其職，大家都為了生活而努力工作呢。

「銀次先生幫忙準備的牛奶確實很好喝，這也是那個牛鬼牧場出產的牛奶嗎？」
我拿起放在檯面上最裡面的家庭號牛奶。
至今為止好幾次用這牛奶入菜，也試喝了很多。
「對的，這就是客人泡完澡必喝，深獲好評的牛奶。品項也很豐富，還有『果實牛奶』與『抹茶牛奶』等。」
「……沒有咖啡牛奶喔。」
「咖啡這飲品也是尚未在隱世普及的獨特商品，只有愛好人士才知道。」
溫泉旅館竟然沒有咖啡牛奶，總令人無法接受，不過果實牛奶應該就是指水果牛奶吧……
銀次先生看我眼睛瞪得圓圓的而輕笑出聲，甩了甩銀色尾巴。
「那麼，我馬上去詢問一下牧場那邊的人，待會兒回來。」
「麻煩你了，銀次先生。」
銀次先生立刻踩著輕快的腳步回去本館。
「那麼，我得先搞定這鍋紅豆才行。」
我交互打量著差不多放涼的甜煮紅豆與眼前的食材，想嘗試先做點什麼看看。
涼點……紅豆……牛奶……
腦海突然浮現祖父在我小時候曾做給我吃的一道簡單甜點。
「對了，就做紅豆牛奶寒天凍好啦！雖然不知道能不能放進菜單裡，不過也許能做參考。」

我握拳敲了一下手心，馬上開始動手做料理。

被稱為牛奶寒天凍或鮮奶寒天凍的這道甜點做法簡單，是在家也能自製的家常點心。最近超商也推出了這類商品，三個大概賣一百五十圓。

紅豆牛奶寒天凍，做法正如其名，是將紅豆加入牛奶寒天裡攪拌均勻後凝結成凍，真的輕輕鬆鬆就能完成。

在鍋子裡倒入水與寒天粉後點火，沸騰後轉小火讓寒天充分溶化。

等寒天徹底化開之後，倒入牛奶攪拌均勻，再加入甜煮紅豆並再次攪拌。要讓寒天凍凝固得漂亮的祕訣，在於熄火後將食材稍微放涼到呈現黏稠狀時再倒入容器中。這麼一來紅豆就會均勻散布，不會在凝固時全沉到底下。

這次我準備了鐵製的扁平盒子來做為容器。將寒天倒入其中後，再放到鋪滿冰柱女冰塊的冷藏庫裡頭冰鎮。

「呼……不知道能不能趕在銀次先生回來之前完成呢。如果成品味道不錯，也想請他嘗嘗看。」

我心想，接著就用剩下的紅豆做點紅豆泥或麻糬紅豆湯，開始忙於各種準備步驟。

此時，我突然聽見食堂大門被打開的聲響。

是銀次先生回來了嗎？那也太快了吧。

我本來這麼以為，但對方沒有進廚房或打聲招呼。

聽見外頭微微響起如鈴鐺般的「叮鈴」聲響，覺得奇怪的我踏出廚房查看。

「哇……」

映入眼簾的是一位身穿可愛蝴蝶圖樣振袖和服的小女孩，外表看起來約莫十歲，胸前抱著一顆手鞠球站在門口。

她留著齊瀏海的金髮造型，眼珠子閃著紫水晶般澄透的紫色，白皙的肌膚就像牛奶一樣，櫻桃小嘴擦著濃豔的紅色。優雅的外型散發出端莊又嚴肅的氣質，跟我至今所見過的所有小孩截然不同。

她看起來像來自外國，不過在這隱世的居民都是妖怪，大家能幻化成不同容貌和打扮，就算長成這副外國小孩子的模樣也不足為奇。

「怎麼了？妳該不會是迷路了吧？」

「……」

小女孩沉默不語，抱著手鞠球直直仰望著我。

「真傷腦筋呢。既然在天神屋的範圍內，那應該是客人吧……」

我走出別館來到中庭，東張西望環顧了一圈，看起來並沒有像是孩子父母的身影。

總之，把她帶去櫃檯應該就行了吧。

正當我手足無措時，留著齊瀏海的女孩拉了拉我身上抹茶色和服的袖口。

「紅豆的香味……是煮紅豆的甜甜味道……」

「嗯？妳該不會是肚子餓了？」

「不，只是想吃紅豆。」

她搖了搖頭，用宛若銀鈴般的可愛聲音說「只是想吃紅豆」。該不會這孩子是被甜煮紅豆的香氣吸引而走到這裡吧？還真是第一次有人對我說這種話。

「那妳等一下，我正好在做紅豆的涼點。還是妳只要甜煮紅豆就好？」

「……那我要涼點。」

在我引領她入座前，她便自動脫下木屐，爬上榻榻米客席，乖乖地跪坐在坐墊上。隨後，她把手上的手鞠球當成小沙包般拋著玩。

每拋一次，手鞠球裡頭的鈴鐺便發出一聲清脆的聲響。

「我叫葵，妳叫什麼名字呢？」

「……」

「沒聽見呢。」

問了名字卻沒得到回應的我，急急忙忙回到廚房。

寒天已經放涼三十分鐘了吧。使用冰柱女冰塊的冰箱冷卻速度很快，應該已經凝固了。

我將鐵製的扁平盒子從冰箱內取出，用木鏟壓了壓表面，感受到彈性便知道已經完美凝固了。我的嘴角不禁往上揚。

牛奶寒天因為添加了紅豆而染上些許的紫紅色，四處可見到紅豆粒若隱若現的身影。我用切豆腐的方式把寒天凍切成四方形，紅豆最多的那一面朝上，並拿妖都切割販售的清涼扁盤裝盤。加了紅豆會讓切面變得凹凸不平，造型實在稱不上簡約美觀，看起來給人一種「四方形的紅豆大福」的感覺。

「……嗯，不過很好吃。」

我把切剩的部分撈起來試吃，用砂糖煮透的紅豆是唯一的甜味來源，吃起來清爽又有絕佳餘味，而濃醇的牛奶風味也跟紅豆非常搭。

這種凹凹凸凸的不規則形狀也可以說很有家常甜點的感覺，或者應該說帶有令人懷念的純樸滋味。

我在寒天凍淋上少許黃豆粉與黑糖蜜，讓賣相稍微華麗一點，接著急忙把這端去給少女。

「……這個是？」

少女認真端倪著這個新奇的紅豆甜點。

「這是紅豆牛奶寒天凍唷，在隱世好像沒人會拿牛奶加寒天凝固就是了。吃吃看吧。」

少女眨了兩下眼睛，拿著木湯匙劃開寒天凍，舀起來品嘗。她臉上的表情雖然沒什麼太大變化，不過伸手掩上動著的小嘴，又再度直盯著這點心瞧。

「……我本來以為會類似羊羹……結果不是……不過，跟平常吃的寒天又不太一樣。」

「味、味道怎麼樣呢？」

「很美味！」

她抬頭仰望著我，原本白皙的雙頰染上一抹淡紅，雙瞳變得微微水潤，像是又驚又喜的樣子，令我不禁放心地順了順胸口。

「這是我第一次嘗到用牛奶做成的寒天凍點心，樸實又帶著淡淡清甜，而且跟紅豆非常搭配。」

剛才話不多的少女現在直率地滔滔不絕，然後，又繼續埋頭品嘗紅豆牛奶寒天凍。

少女身上散發的氛圍，似乎也有了些許變化。

原本給人的感覺是個充滿不安又藏著謎團的孩子，現在突然覺得她好似變成一個可靠的大人。只不過，明明頂著端莊典雅的樣子卻一心一意吃著甜點，果然還是讓人覺得有些稚氣……

我舉起剛剛拿來的茶壺，將茶倒進杯中，端給那位少女。

「乳製品跟紅豆真是天生絕配呢，不過在隱世這裡好像不是那麼普遍。像冰淇淋那類的東西，大家好像也不太常吃。」

我想起以前製作豆腐冰淇淋的回憶。

雖然這麼說，那也稱不上正統的冰淇淋就是了。

「在隱世這裡，直到最近才總算開始流行一種『香草』口味的冰淇淋。」

「哇，妳吃過香草冰淇淋？」

「僅止一次。不過那算是奢侈品，還沒有普及於平民……」

少女輕輕將雙眼瞇起，果然她身上散發著不知從何而來的成熟氣質。

「在現世，香草冰淇淋一杯大概一百二十圓就能買到了……果然現世與隱世各種東西的普及程度與行情都差很多呢。」

啜飲著熱茶的少女聽見我這一番話，馬上看我一眼。

「妳……不是隱世的妖怪呢。是人類嗎？」

「嗯嗯。我只是個人類，被鬼從現世帶來這裡。」

「……為什麼？」

「為什麼喔……這個嘛……說來話長耶，就是我爺爺以前闖下滔天大禍，欠這間天神屋大老闆一屁股債，而且沒還清債務就去世了，所以由我在這裡開食堂，工作替他還債。」

「……還債？」

「其實，如果我答應嫁給鬼神大老闆，就不用落得在這種地方做生意掙錢的下場啦……但我拒絕這個條件。」

「為何？為何不嫁給他？說起天神屋的大老闆，可是眾鬼之中地位顯赫，無人不知、無人不曉的鬼神，在整個隱世也是享有盛名的高等大妖怪。聽說他身邊不乏主動上門提親的對象呢。還是說，妳這麼討厭這裡的大老闆？」

少女以質疑的眼神看著我，對我連環轟炸提問。我為她的氣勢懾服，不禁退縮一步。

「說討厭……好像也……」

我認真地思考一番，自己拒絕的原因到底是什麼。

這個嘛，一部分是對於自己被當成擔保品而被迫成婚這件事感到不爽，也因為大老闆身上謎團重重，總讓人摸不透他的想法；況且從根本說起，光是人鬼殊途就已經問題夠多了吧……

不過想想，這跟「討厭大老闆」好像不太一樣，所以我有些語塞。

不管怎麼說，我還是在各方面受到對方許多關照。

「嗯……不管大老闆是地位與名聲多麼崇高的大妖怪，單方面迫使我當債務的擔保品、要我嫁過去，不管是誰都不會乖乖聽從吧？」

「……」

「對啦，我大概就是不喜歡這種在毫不知情的狀況下任人擺布的感覺吧。」

我對自己做出來的結論深表認同。

關於大老闆的事，我一丁點都不了解，並未信任妖怪到可以就這樣成親的程度。嗯，就是這麼一回事。

可是……為什麼我會跟年紀還小的這位少女講到這種話題啊？

連這麼小的女孩都認識大老闆，看來他還真的是個大名人。

不清楚少女聽完之後有沒有被我的理論說服，總之，接下來她再也沒提起類似的問題，只是在店裡東張西望了一圈，皺起眉頭。

「這裡變得真老舊，簡直像個倉庫啊……」

少女的說法讓我相當訝異。她曾經來過這裡？

「不過看起來帶有古民宅的懷舊風情，很棒不是嗎？」

「這裡是食堂嗎？看起來客人似乎不多。」

「呵呵，現在還在準備時間。開店時間是在夕陽西下之後，所以店名取為夕顏。」

「夕顏……」

她自言自語般地低喃了一聲店名。從格子窗穿透而入的午後陽光，映照在她低垂的睫毛上，烙下了影子。

「雖然時節尚早，不過我正在構思夏天要推出的涼點。這道紅豆牛奶寒天凍是試做品。」

既然這道甜點似乎獲得少女的好評，也許有望納入菜單也說不定。晚點再跟銀次先生商量看看吧。

「……店開在這種地方，客人會上門嗎？這裡似乎離本館非常遙遠。」

少女脫口而出的真心話十分刻薄。

由於她講得實在太直接了，我訝異地眨了眨眼後，露出為難的苦笑。

「對呀，從本館到這裡可要走上一大段路，很費力呢。這裡的確稱不上是客人爭相上門的人氣食堂。」

「……」

「不過，來客數是有一點一點在增加啦。最近天神屋的員工也會光顧，還有好幾位客人成了常客，所以我想現在不需要著急，只要能設計出完美的菜單應該沒問題。沒錯……才剛剛起步而已呀！」

這番自信滿滿得毫無依據的勵志小語，彷彿是在說給自己聽一般。

我緊緊握起拳頭。少女大概覺得我很奇怪，用那雙紫水晶般的眼睛直視著我。

「嗯？我臉上沾了什麼嗎？」

她搖搖頭，拿起放在一旁的手鞠球遞給我。

「這個送妳，做為謝禮。那點心真的非常美味。」

「咦？可以嗎？這不是妳的玩具嗎？」

我慌張了起來，結果少女緩緩地搖了頭，猛然湊近我的臉龐。

對方應該是小女孩才對，但被她面對面直直凝視著，不知為何讓我感到一陣惶恐。

我的身子像是被五花大綁似地僵直著，連眼睛都不敢眨。

「我還會來吃的，葵。」

她的櫻桃小嘴勾起微笑，用銀鈴般的聲音呢喃。

在少女的眼眸深處，我似乎看見閃耀金黃光芒的花朵圖樣。

她的話彷彿擁有言靈般(註11)的力量，讓我的注意力全移往手鞠球，無意識地接過來。

當我猛然抬起頭時，少女已不見蹤影。

「……」

現在時間是下午，天神屋開店前，寧靜的溫暖時光。

在這間無人的店裡，飄蕩的只有老時鐘的指針滴答滴答走著的聲響、土牆的氣味與甜煮紅豆的香甜。

為什麼我感到一陣目眩呢？

在陽光映照的明亮空氣中，飄蕩的塵埃看起來就像金粉一般。

我看了看手上的手鞠球，上頭用金色棉線繡著幾何圖形，簡直就像我在那位少女眼中看見的金色花朵圖樣。

也像少女一頭滑順如絹絲的金髮……

「葵小姐、葵小姐，生意談成了！」

銀次先生從本館回來，猛力拉開店門。

「牛鬼牧場願意供應我們液態鮮奶油，這樣不論要打成霜狀或是做成冰淇淋還是奶油都沒問題囉！」

「……嗯。」

「咦？葵小姐的反應好冷淡……請問發生什麼事了嗎？您看起來心不在焉的。」

見我呆呆愣著，銀次先生在我眼前揮揮手，我才總算把意識拉回現實。

「抱歉，我剛剛徹底放空了。」

註11：古代日本相信言語中依附著一種超自然的力量，話一說出口，就有成真的能力。

「該不會是遲來的五月病（註12）？」

「不、不是啦。」

我急忙否定。看來隱世也知道五月病。

「剛才有個留著齊瀏海的奇妙女孩來到店裡，不過一轉眼又不見了……」

「齊瀏海的女孩？」

對方理應是這間天神屋的客人沒錯，也許是回到父母親身邊了吧。

銀次先生一開始沒搞懂是什麼情況，但一看見我手中拿著的手鞠球，便挑了一下眉頭，似乎是覺得眼熟。

「也許……您說的那位少女是座敷童子呢。」

「座敷童子？」

「是的，她們是一種在隱世也極為神出鬼沒的稀有妖怪，會化身為留著齊瀏海的少女外型，最喜歡的食物就是紅豆飯。」

「天啊，她們喜歡紅豆飯？我做了牛奶寒天的點心給她吃了耶！」

這麼一說，對方的確說過是被紅豆香氣給吸引過來的。我還覺得她說的話真奇怪，原來是座敷童子啊。看來標準答案應該是紅豆飯才對。

「不，這樣也不錯吧？既然她把手鞠球送給您，代表她很中意您做的甜點才是……不過，原來是座敷童子呀，這可真幸運呢……座敷童子會保佑生意興隆，效果可是一等一的好。有她大駕光臨，這裡一定能繁榮起來！」

「……唔，胃好痛。」

銀次先生這番話帶給我一點壓力，不過看了看手鞠球上頭的金色圖樣，總覺得緊繃的心情跟胃痛好像都舒緩許多。

「連座敷童子都認可的點心，勢必得加入菜單內呢。事不宜遲，我也能嘗嘗看嗎？」

「嗯嗯……那當然。」

覺得自己還處於半夢半醒之間的我回到了廚房。

不過，我突然想起一件關於剛才那位少女的事。

「話說回來，那女孩是留著齊瀏海的『金髮』耶……原來座敷童子還有金髮的喔？」

說到座敷童子，普遍印象都是留著黑色的齊瀏海造型。我心想晚點要跟銀次先生查證一下，不過這個太無聊的問題一下子就被我拋諸腦後。

後來，這道紅豆牛奶寒天凍變身成灑滿金箔的「金時牛奶寒天凍」，登上店內的菜單。

註12：每年四月是日本入學、就職的季節，新人在新環境中因為無法適應或壓力過大所造成的憂鬱狀態，在五月初的「黃金週」時一口氣顯現出來，假期結束後仍懶懶散散地不想上班上課，故稱為「五月病」。

第六話

會計長白澤

到底發生什麼事？

所有事情的開端起於六月最後一個星期一。

單論結果，就是夕顏的客人突然增加了。

這可不是「稍微多了一點」，而是「暴增」——店裡客滿了。

也因為這樣，準備的食材馬上就見底，這一天只好提早關門。

這絕對事有蹊蹺，也許只是這一天碰巧客滿而已。

——我本來是這麼以為的，結果隔天之後也是客滿狀態，只有我跟銀次先生兩個人根本忙不過來，因此請旅館特別破例調春日過來幫忙，總算撐了過去。

來到天神屋不一定要住宿，也能單純享受溫泉與餐飲，因此也有些客人是為了來夕顏用餐才專程上門的。而今天事態更誇張，演變成開店才不到三小時就必須臨時打烊。

原因我馬上就知道了，是因為《妖都新聞》的專欄文章。

大約在兩星期前，一位名叫薄荷僧的入道和尚妖怪來天神屋住宿。他的樣子是戴著圓眼鏡的貉妖，但真實身分是妖都的人氣小說家。聽說他每週都會在《妖都新聞》進行專欄連載。

我並不清楚薄荷僧先生的工作是寫些什麼作品。

總之，他頂著當紅小說家的光環，報上每週的連載專欄也找他執筆。

專欄主要以薄荷僧先生關注的事件為主題，每週寫一篇，而本週焦點似乎是談到某間旅館的手抓便當。最後有這麼一段文字。

『……最後，天神屋的美麗鬼妻，不知您是否會看見本文？日前未能向您告辭便擅自離去，實在失禮。您所招待的現世美味料理與手做便當讓我一飽口福，在我擱筆停滯之時帶給我無限的救贖，而我卻過於激動而亂了分寸。近期我會再度前往天神屋別館的「夕顏」食堂。下次將以客人的身分上門叨擾，期待能再次品嘗佳餚。』

不愧是負責報紙每週專欄的人氣作家，影響力可真大。

看來薄荷僧先生的專欄擁有數量龐大的忠實讀者。

托他的福，全隱世都知道身為大老闆的未婚妻——蔚為一時熱門話題的「鬼妻」——現在正經營一間專做現世料理的食堂。

也因此才形成現在眾多妖怪客人紛紛湧至的狀況。

「唉……快死了。」

店裡爆滿的第三天打烊後，連善後工作都還沒動的我，整個人累趴在吧檯上。

「辛苦您了，葵小姐。明天是公休，後天也是旅館休息日，竟然得到了二連休呢。請您暫時好好休息，紓解疲勞吧。」

「真是睽違已久的二連休啊。」

「哈哈哈，葵小姐會為了放假而開心，真稀奇呢。不過客人可來得真突然。」

銀次先生也露出些許的疲態。

「很多人也是為了一睹大老闆的未婚妻究竟是個怎麼樣的人，所以才興致勃勃地上門吧……不過有客人上門的確值得高興啦……」

這陣熱潮想必只是曇花一現，我清楚得很。

正因如此，可不能為此樂昏了頭，銀次先生也保持冷靜。

「的確，現在是基於話題而帶起的宣傳效果，但也不算壞事。接下來就看要怎麼留住這些上門的客人……我想重點也許是做出口碑讓他們口耳相傳。但關於這點我並不怎麼擔心唷，再怎麼說，這地方已經廣為人知了。」

銀次先生維持一貫的冷靜，卻露出喜悅的微笑。

我抬起趴著的身子，心想自己也要盡量正面思考才行。

「也對，雖然不是因為東西好吃才吸引客人上門，讓我本來覺得這樣有點卑鄙，不過，這就是做生意所謂的『貴人帶來良緣』吧。」

「沒錯。全靠葵小姐您替薄荷僧先生準備的便當，才促成了這番宣傳。」

「下次如果有機會再遇到他，得好好跟他道謝才行……啊，還得感謝阿涼，畢竟要我幫忙做便當的人是她。」

「原來是這樣啊！阿涼小姐不愧是前任女二掌櫃，這方面的直覺很敏銳呢。該不會她本來就料想到薄荷僧先生會以此做為報紙專欄的題材……」

話題焦點轉往阿涼身上的同時，本尊也正好駕到。

「葵～我肚子餓啦～」

「咦，阿涼，我們正好說到妳的事呢。不過很可惜，現在已經打烊了，一點食材都沒剩。」

「咦！今天又賣完啦？」

一到休息時間，阿涼就會跑來店裡吃晚飯。

一聽到沒剩任何東西，她很明顯地垂下肩膀。

「唉～好吧，聽春日敘述，我大概也有底啦。她說今天生意又是好得不得了呢。」

阿涼拖著無力的腳步，拉開靠近櫃檯的座椅坐下。

「阿涼小姐，這都托您的福。我聽說便當的事是阿涼小姐您提議的，該不會您早早就打好算盤了吧？」

「什麼？」

聽到銀次先生的褒揚，阿涼天真無邪地眨了兩下雙眼。

「……喔、喔呵呵呵，當然當然，一點都沒錯，這全是我的功勞！所以小老闆呀，還請在大老闆面前多美言幾句，讓我能重新回歸女二掌櫃的位子！」

阿涼慢了半拍才理解狀況，放聲大笑。恐怕她當時什麼都沒想吧。

不過，她卻馬上把功勞攬回自己身上，不愧是阿涼。我跟銀次先生斜眼對望，嘆氣又苦笑了起來。

不過，正因為阿涼什麼算盤都沒打，也得以明白她出自真心的服務是單純為客人著想。果然她是擔任女二掌櫃的人才呀……

這樣的阿涼因為盤算著在這裡可能吃不到飯，還從土產店摸來了快過期的溫泉饅頭，這時正打開外盒。

「對了對了，剛才會計長白夜大人要我傳話，請掌管夕顏的兩位去會計部喔。」

「這件事應該先說吧！」

我與銀次先生迅速站起身，將身上整理得乾乾淨淨之後，倉促地離開夕顏。

這是會計長第二次把我們叫過去約談了。

「欸，銀次先生，會計長到底找我們有什麼事呀？難得客人都上門了，該不會是接到大量客訴之類的……」

「這個嘛，希望別是壞消息就好了……」

上一次被叫去時留下的陰影再次復甦，我們倆流著冷汗朝本館衝刺。因為還沒到就寢時間，本館裡頭燈火通明、人聲鼎沸，從宴會廳傳出陣陣歡樂的聲音。

然而我們的心情卻一點也不輕鬆愉快。原因在於擦身而過的員工們所投射過來的視線，莫名令人感到一陣刺痛。看來大家比我們倆還早得知一切。

「哼，門外漢還敢班門弄斧。」

「只不過稍微引起一丁點話題，別以為自己就稱得上是料理人。」

「人類就是這樣子所以才如此可恨。」

另一端的路上傳來廚房的實習達摩們的壞話，彷彿故意講給我聽。

到底發生什麼事？我心頭只有不好的預感。

來到會計部，白夜先生馬上就出來迎接我們。

「辛苦了。來，坐下。」

「呃，是。」

白夜先生的表情意外地沒什麼不同，一如往常地平淡，看起來不像帶有任何怒氣或訝異。

我與銀次先生在前一次被訓話的開放式內廳，肩並肩地正坐著。

對面的白夜先生挽起長長的和服衣襬，坐得筆直端正。他一絲不苟的姿態更為現場增添了緊張感。

「這次請兩位過來不為別的，是想談談夕顏的事。」

我與銀次先生明顯為之一震。然而白夜先生的口氣非常平靜，也沒有拿起手裡的摺扇亂敲。

「關於薄荷僧殿下所寫的專欄一事，我想兩位也已經知曉了吧？雖然這完全在意料之外，但也確實發揮了宣傳效果，聽說夕顏的來客數增加了。」

「是，這三天都客滿。客人多到沒辦法全數招待入店，還必須提早打烊。」

銀次先生詳細地報告狀況。

白夜先生想必已經得知這一切了吧。他直直盯著我，瞇起深藍紫色的雙眼。每次一被白夜先生注視，就覺得自己的一切好像全被看穿似的，讓人很緊張。

「關於妳替薄荷僧殿下準備便當卻不收費一事……這次就姑且不追究。」

「呃，是。不好意思。」

對方也沒發怒，我卻忍不住先道歉，還不禁將視線瞥開。

白夜先生從懷裡拿出一封信，悠悠地繼續說下去：

「找兩位過來的要事是這個。某位大人看見那篇專欄文章，捎信前來想包下夕顏用餐。這是來自宮中的委託書。」

「……咦？宮中？」

事情實在超出預料範圍，我猛然抬起臉，銀次先生也做出相同反應。

宮中是指位於妖都中心、治理隱世的妖王所坐鎮之地。這麼說來，曾經聽銀次先生說過，白夜先生以前是在宮裡效命的官員。

所以才透過這層關係來委託他嗎？

「這件事其實有點緊急。妖都宮內有一位名為『縫陰』殿下的大人，為妖王的子嗣……而他的夫人，其實是來自現世的人類。」

「咦……人類？」

我又更吃驚了。竟然在這裡得知隱世除了我以外，還有其他人類。

「那對夫婦我也很熟，夫人是律子殿下，來到隱世已經非常久了。據聞每逢這兩位的結婚紀念日，縫陰殿下與律子殿下便會離開妖都出遊，兩人低調地慶祝。而在讀了薄荷僧殿下所寫的專欄後，縫陰殿下便提出委託，說希望今年的結婚紀念日務必能在夕顏慶祝。我想他是想讓夫人享受一下懷念的現世料理吧。」

白夜先生擱下信紙，凝視著我。

「妖王家的大人願意大駕光臨此地，對天神屋來說是千載難逢的珍貴機會。據聞他們會在此停留到七夕祭才離去，因此我想盛大地招待他們一番。葵，在夕顏舉辦賀宴一事妳會答應吧？由於事出突然，大約三天之後就要舉辦了。」

「請、請等一下……這、這麼……重大的工作，我……」

我完全無法理解現在的狀況，用手摀著嘴陷入沉思。

簡單來說，妖都的高官提出要求，要來我開的食堂慶祝結婚紀念日，對吧？然後呢，那位高官的太太是來自現世的人類……

「會計長殿下，這次的包場委託的確是難得的好機會，但再怎麼說，夕顏現在的問題是資金不足，如果不能確保大量的來客數，是撐不下去的。」

銀次先生代替我振作了起來，把最重要的這件事說出口。最近幾天雖然客人很多，但店裡資金還是很吃緊，沒有餘裕只招待妖王家的兩位客人。

「這一點無須擔心，這次的招待宴將特別撥款給夕顏。反正之後會賺回來的。」

「啪」的一聲，白夜先生甩開摺扇。

上頭仍然寫著「商運興隆」四個大字，他用扇子掩住了口。

「還有，關於下個月的經費，假如你們接下這個委託並圓滿達成……我可以再考慮一下。」

「咦！這意思也就是……」

「原定下個月開始縮減夕顏的經費，但考量到最近這三天的狀況與話題的熱烈程度，我考慮重新審視一番……不過再怎麼說，也要看這次招待宴做出來的成績如何就是了。」

白夜先生的口氣相當平淡。明明是攸關夕顏今後存亡的大事，他卻說得一派輕鬆。

終於搞清楚狀況的我，與銀次先生面面相覷。

白夜先生真的很討人厭。事情扯到這上頭，我根本沒有拒絕的餘地。

話雖如此，我仍繃緊了表情再一次轉向白夜先生。

「我知道了……這次的招待宴，我接下了。」

我終於做好覺悟接下這個挑戰。

因為我認為能挽救夕顏的機會，似乎就藏在眼前的這場招待宴中——由薄荷僧先生的專欄所牽起的這一條線。

白夜先生再次直直地凝視我，確認了我的決心後一口氣收起摺扇，點了點頭。

「好，那就趕快開始準備作業。菜餚的部分就交給妳負責……不過記得，應該盡量重現對方懷念的現世滋味比較好……」

「現世的滋味……」

能讓對方回憶起現世滋味的料理，會是什麼呢？我當場思考了一會兒，但沒辦法馬上整理個想法出來。

「小老闆，這件事就全權交由你處理。貴客剛好挑在休館日的隔天來館，所以還有點時間能準備。」

「是，正如您所說，我會馬上開始籌劃。會計長，感謝您這次給予這樣的良機。」

「別這麼說，這次是兩位的功勞。再怎麼說，起因都是葵為薄荷僧殿下所準備的手抓便當啊。」

白夜先生與銀次先生兩人已擱下剛才的緊張感，發出「哈哈哈」的談笑聲。

他那句話到底是褒揚還是諷刺呢？我緊緊握住擺在膝上的手。

「我……我是不認為自己有多大的功勞啦。」

「是這樣嗎？不過，還真是無法預料何處會藏著帶來良緣的契機呢。做生意就是這點最有樂趣。」

「……」

白夜先生這番話，跟之前大老闆對我說的有點類似。

工作上遇到貴人，指的也許就是這麼一回事吧。

白夜先生站起身，以一貫的口吻留下一句「那就好好努力吧」，便快步回到會計部的辦公桌，馬上開始進行別的工作。

我們這次難得以輕盈的腳步離開這地方。

「話說回來……沒想到白夜先生竟然願意改變決定，連刪減下個月預算的事情都說會重新考慮耶。」

「那位大人向來如此唷。看起來沒希望的就馬上捨棄，一發現可能性就願意投資。正因為他有如此敏銳的眼光，才得以讓天神屋的財務狀況穩若磐石。看來他也認同了這次降臨在夕顏的良機呢。」

銀次先生對於這天賜的良機露出雀躍的神情。

「葵小姐的料理竟然能受到宮中貴人們的賞識，實在令人高興。我也會竭盡全力協助您的，葵小姐，我們一定要讓這次的賀宴成功。」

「……嗯。謝謝你，銀次先生。我會努力的。」

也許有人覺得：「不就是做菜而已，有什麼大不了的？」

但沒有任何一個妖怪或人類，可以不進食而生存。

正因如此，我們才能與彼此分享對「吃」這個共同行為的興趣與喜悅。我一定也能讓他們感到賓至如歸。那麼，這次的宴席要做些什麼好呢？

還有很多要考慮的事，但今天的我已經累了。

還未能適應的忙碌，以及瞬息萬變的狀況都令我感到疲憊。

銀次先生早一步察覺到我的疲勞，便提議這件事留待明天再討論，催促我先去休息。

時間來到隔日，是夕顏的店休日。

即使如此，我還是一大早就起床，結束早餐的備料工作之後爬上後山，朝以前大老闆帶我去過的小屋前進。

目的是為了去拿要用在料理的彈珠汽水。碳酸水有軟化肉質的效果，所以我常拿來運用。

小屋緊鄰泡溫泉蛋專用的溫泉池，我隨意地踏入屋內，迅速拿了三瓶彈珠汽水便馬上離開。爬下山的同時，眼神瞄向旁邊的溫泉蛋。

「得趕快回去，構思後天要為客人準備的料理才行。」

我走在清晨寧靜的竹林小徑上，思考著要為後天的訪客——妖都王族大婦準備怎樣的菜單。

那位貴人的太太，律子夫人心中的「現世料理」究竟是什麼呢……

「根據出生時代不同，熟悉的料理也會不一樣。律子夫人到底幾歲啊？」

這問題光想也得不到答案。我茫然地仰望著天空。

竹林枝葉被風吹得搖晃，覆上了清晨的淡淡青空。底下的小徑顯得微暗，再加上現在是妖怪的睡眠時間，這裡籠罩著一片奇妙的寂靜氛圍。

「律子夫人她……到底因為什麼原因……而來到隱世呢？」

這個懸在心頭的疑問讓我非常在意。

畢竟對方跟我一樣，是從現世來到隱世的人類。

「白夜先生感覺會知道些什麼內情，不知道能不能稍微向他打聽一下。這也能做為準備菜單的參考……」

只不過，一想到要去會計部找他，就讓我萌生一股退卻之意。我不太擅長應付白夜先生那種人，銀次先生也曾這麼說過。

「不過他雖然那副樣子，看起來還是有在關心夕顏的狀況……這次能得到那對夫妻的委託，一定也是看在與白夜先生的交情上，才放心交給我們的吧……真希望能找個機會多聊兩句。」

然後再順勢多探聽一些那對夫妻的情報就好了，尤其是關於夫人的部分……

要問我有什麼專長，也就只有做菜。如果能找個機會讓白夜先生品嘗我的料理，也許能開啟聊天的話題也說不定……不過說起來，白夜先生喜歡吃什麼啊？

畢竟妖怪不會輕易透露自己喜歡的食物，而且，我根本無法想像白夜先生吃東西的樣子。因為他根本不苟言笑，全身上下毫無一絲破綻啊。

「……嗯？」

在我一個人陷入苦惱與恐懼之時，位於小徑一旁的竹林裡傳來奇怪的聲音。

「咪～咪～」、「咪～咪～」

「有貓在裡頭嗎？」

總覺得這叫聲超可愛的。我不假思索地撥開兩旁的枝葉往竹林中前進，連此行原本的目的都忘得一乾二淨。

「咪～咪～」叫聲越來越近，我心中的期待也逐漸高漲，雀躍地想說不定真有小貓在前頭。

果然如我所預料，竹林的前方有好幾隻細長的白色妖怪輕飄飄地浮在半空中，外型就像小貓一般。那是管子貓，但是……

「哈哈哈，你們乖，好了啦，別鬧了，真是的，真是貪吃鬼呀。我說了飼料還有很多啦。」

「……」

「啊，喂，不要去那邊。你們是高價藥材的原料，很容易被盜獵的。而且在天神屋我就不能餵養你們啦。」

「……」

「哈哈，住手啦，別吃我的頭髮呀……哈哈……呃、啊啊啊啊啊啊啊啊啊啊！」

與好幾隻管子貓同時在場的是一位青年。該說是青年嗎?應該說是天神屋的會計長。

該說是會計長嗎?就是白夜先生……為什麼他會出現在這裡?

他正一邊拿小魚乾餵棲息於砍斷的竹管孔洞中的管子貓,一邊與他們玩鬧,看起來頗樂在其中。而中途他發現了驚訝得說不出話而呆站在一旁的我,立刻發出驚愕的尖叫聲,整個人在原地石化了,手上還拿著小魚乾。

那不是……那不是我所認識的那名妖怪。

那不是我所認識的會計長,不可能是白夜先生。

「那個……」

終於勇敢發出聲後,卻連我自己都知道聲音有多小。此刻我的臉色想必很慘白吧。而白夜先生也一臉僵硬,像是在不該出現的地方被抓住了一樣,嘴巴張得偌大。

「葵……葵……妳從何時站在那裡?」

「這個嘛……從『哈哈哈,你們乖,好了啦,別鬧了』……差不多從這邊開始。」

「啊啊啊啊啊啊啊啊!」

白夜先生發出沉痛的悲鳴,掩住自己的臉。

「那個……不是,我什麼也沒看到!絕對沒看到白夜先生跟管子貓嘻嘻哈哈地玩鬧。完全沒看到!」

冷汗直流的我,微微搖著手與頭。

不是說白夜先生是擁有九隻心眼的妖怪，能看透世間萬物嗎？為什麼沒發現我靠近啊？到底是玩得多陶醉？

我心想假裝沒看見方為上策，現在該若無其事地離去。

另一方面，白夜先生則從掩面的指縫之間露出凶狠的目光瞪著我——他是真的很火大，氣到不行。

再這樣下去，我難逃被活埋在這裡以封口的下場……

「啊，是人類的女孩子耶。」

「好香的味道喔。」

然而，與白夜先生非比尋常的殺氣相反，管子貓們發出銀鈴般的可愛聲音，輕飄飄地朝我這裡飛過來，溫和地用臉蹭著我。

管子貓與手鞠河童算是差不多的低等妖怪，棲息在現世的數量也很多。

他們的身體就像蛇一樣又白又細長，臉跟前足則像小貓咪。由於都棲息在筒狀或管狀的空間之中，因此被稱為管子貓。管子貓擁有自由飄浮於半空中的能力。

「真難得有人類出現呢。」

「哇，真的是呢。」

他們紛紛從四周的竹子切口中探出頭來，稀奇地圍著我看。純真的雙眼連眨都不眨一下，還有隨時保持笑容的小嘴。雖然看起來有那麼一點詭異，不過確實屬於可愛型的毛茸茸妖怪。

「為什麼這裡會住著管子貓？是白夜先生養的嗎？」

「……不是，他們是野生的。」

「白夜先生，你喜歡管子貓嗎？」

「這……不是喜不喜歡的問題。管子貓很弱小，沒人餵養就會馬上死掉，而且他們也不會去掠奪食物。再加上是製作珍貴藥材的原料，因此盜獵者源源不絕，我必須守護他們才行……」

「不是呀，你這樣根本已經算是愛管子貓愛到不行了啊。」

起初因為這太驚人的反差而嚇破膽的我，現在不禁「噗哧」一聲捧著肚子大笑。

「有什麼好笑的。」

「不、不是啦，因為我在現世時也曾經隨便餵養手鞠河童，所以想起那時候的回憶。」

白夜先生又狠狠瞪過來，但總覺得現在看起來不怎麼恐怖了。

我笑得太誇張，還用袖子擦掉積在眼角的淚水。

「手鞠河童真的很弱小，不知不覺就東一隻不見、西一隻被抓去吃掉了，老是發生這種事……雖然要我保護好全體實在太難，不過我想說至少別讓他們過著餓肚子的艱苦生活，所以一直都會做飯給他們吃。」

白夜先生雖然一臉詫異，不過收回了剛剛火力全開的怒氣，露出打探我的眼神。

不過，可真嚇了我一跳呢，在眾人眼中冷酷又沒血沒淚的會計長，竟然有這樣的一面。

我一直覺得他是個難以親近的妖怪，為什麼呢？

既然同樣會餵養低等妖怪，總覺得自己跟他的距離好像拉近了一些。

「我喜歡人類。」

「我喜歡女人！」

管子貓用可愛的動作對我獻媚示愛，感覺他們不像手鞠河童那般做作，令我不禁露出笑容。

「呵呵，好了，別撒嬌啦……欸……啊、啊啊啊、等一下、等等、啊啊啊啊我要被淹沒啦啊啊啊！」

然而，他們的愛情表現太過頭，為數龐大的管子貓朝我壓上來，以有點驚人的氣勢覆滿我的身子玩耍著，我整個人被管子貓海埋住，只剩舉得老高的雙手露在外頭。再這樣下去我會被小貓們活埋，窒息而死的！

「好了，你們快回筒子裡去！」

然而白夜先生一聲令下，便讓嬉鬧的管子貓停止動作，急急忙忙離開我身上，紛紛回到各自棲息的竹筒之中。

「既然白夜大人下令，那也沒辦法了。」

「是呀，沒辦法了。」

「不過，還真想多玩一會兒呢。」

他們紛紛語帶惋惜地如此說著。

這些管子貓被訓練得真乖耶。

「哼，靠得太近可是會被他們壓死。管子貓集結成群也是有危險性的，妳要多注意。」

「唔，現世的管子貓可沒有這麼驚人呢……」

「對他們來說，人類姑娘簡直是木天蓼般的存在，在這裡是很難遇到人類女子的。管子貓他們下手可不知輕重。」

「木天蓼……」

果然對妖怪而言，人類女子會引起他們極高的興趣吧。一有個差錯，我也許就被吃掉了。

我站起身，拍掉和服上所沾到的塵土。

而白夜先生則拖著沉重的背影，步履蹣跚地離開現場。該說是步履蹣跚還是搖搖晃晃呢，好像又有點消沉無力。

看來我好像害他在精神上受到相當大的打擊吧。可能是因為我出現在這地方目睹了一切。一股罪惡感油然而生。

「等等，白夜先生。」

「幹什麼……妳、妳該不會打算把這件事傳遍天神屋上下吧？抓住了我的弱點，打算威脅我是吧……就跟那個津場木史郎沒兩樣！」

「我才沒有那麼壞啦。話說，爺爺以前是這麼過分的人嗎？白夜先生，你有什麼弱點在他手上嗎？」

「少、少多嘴。」

我想白夜先生完全把我當成祖父了。

他原本就白皙的皮膚變得更慘白，冷汗流得誇張。

看來他真的完全拿祖父沒轍吧？原來他也有罩門喔。會有這種陰影大多都是爺爺害的。

「不是啦，我想找你商量一下後天的事……還希望能多打聽一點那對夫妻的資訊。那個，白夜先生，方便的話，可以請你來夕顏一趟嗎？」

「啥？」

充滿戒心的白夜先生往後退一步，直盯著我瞧。

「你難得來，不如就來店裡吃頓早餐吧。不過今天是店休日，只能準備些簡單的小菜就是了。白夜先生好像都很早起，我做頓早飯也值得了。」

我個人由於極力想擺脫祖父的影子，所以努力露出親切的微笑，卻讓白夜先生更加詫異，露出了極為厭惡的表情。

「白夜大人～」

一隻體型格外嬌小的管子貓不聽從命令，亂飄到白夜先生的身旁。他蹭著白夜先生僵住的臉頰，喉嚨發出「呼嚕呼嚕」的聲音。

「您要再來唷，再來玩唷。」

其他管子貓也從竹筒之中探頭出來，請求他「要再來唷」。

白夜先生提著裝有小魚乾的袋子，這副模樣實在很不真實，但對這些管子貓來說，這才是他們所認識的白夜先生吧。他被這些小妖怪深深愛著。

白夜先生保持沉默，伸出手搔搔小管子貓的下巴，再次快步往竹林前進，我則跟在他身後。

「呃，那個……」

「去一趟夕顏就得了吧？我知道。」

「……白夜先生。」

「加快腳步，時間就是金錢。」

雖然口氣有些焦躁嚴厲，但見白夜先生恢復往日凜然的姿態，讓我鬆一口氣。他的腳步已不像剛才那般蹣跚。

我們在管子貓的目送下朝夕顏前進。

「夕顏雖然沒有提供早餐，不過像鐮鼬他們啦，還有早起的員工們有時會過來吃飯，所以有準備隱藏菜單。你想吃哪個？」

「……一進門就吃飯嗎？」

「咦？一邊準備餐點一邊討論，不是比較有效率嗎？」

「……妳剛才說有員工專用的隱藏菜單是吧，應該不會是免費提供的吧？」

「咦？啊、哈哈哈~怎麼可能~有算銅板價啦……目前是這樣。」

之前也有過免費供餐的時候，不過自從夕顏正式開店以來，大家就沒打算白吃白喝，所以早餐定為五百蓮。

我用各種傻笑敷衍了過去，同時把手寫的菜單遞給坐在吧檯客席的白夜先生。

・煎烤鮭魚早膳

・味醂鯖魚乾早膳

・清粥早膳

基本上就是這三種。

鬼門大地不靠海，難以入手新鮮的海產，所以煎烤鮭魚用的冷凍鮭魚與自製的味醂鯖魚乾，相對來說比較方便常備。

清粥早膳的配料會隨時節更換，不過主要是使用鐮鼬帶來的山菜與菇類煮成粥。

以上就是天神屋員工專屬的銅板菜單，個人觀察發現烤魚較受男性歡迎，女性則偏愛清粥。

白夜先生瞇細雙眼看著那張菜單。

沒有猶豫太久，他便點了「味醂鯖魚乾早膳」。

「哇，好開心喔，這是我最推薦的一道。再怎麼說可是我自製的魚乾呢。」

「妳會自己曬魚乾？」

「對呀，後院一直都有掛著唷。」

「……還真費工。」

白夜先生快速啜飲一口端上的熱茶，隨後從懷中拿出摺扇，開始啪答啪答地搧著臉。果然他還是適合拿摺扇啊。

我趕緊拿了兩條味醂鯖魚乾，放在烤網上開始烘烤。這很容易焦掉，所以要用小火慢慢烤。烤魚的同時，我一邊將已煮好的味噌湯重新加熱。今天煮的是最常見的蔥花蜆味噌湯。湯裡融入滿滿蜆的鮮甜滋味。

接著，我拿出生雞蛋，開始準備煎高湯雞蛋捲。使用昆布與鰹魚熬出的高湯，口味稍微偏甜。由於雞蛋捲會用到妖怪最愛的三種調味料——醬油、味醂、砂糖，所以大受歡迎，是早膳一定會附上的小菜。

隱世這裡也有煎雞蛋捲專用的長方形平底鐵鍋，把鍋子充分加熱後，將調味過的蛋液倒入一半以上，用筷子畫圓攪拌表面。等蛋液半熟便推往方鍋的邊緣翻面，再將剩餘的蛋液分次倒入鍋中，一邊捲成蛋捲型。把所有蛋液倒入捲完之後便完成了。

我將長條型的大蛋捲切成四等份，取其中兩塊用扁盤裝盤。

軟綿綿的高湯雞蛋捲，果然要配上白蘿蔔泥才對味，在盤子擺上滿滿的白蘿蔔泥便能上桌。此時，味醂鯖魚乾也剛好烤成美麗的焦黃色，店內充滿香甜的味醂香氣。

「再等一會兒喔，裝完盤就可以上桌了。」

「……動作真俐落呢。」

「噢？白夜先生竟然會稱讚我，還真難得耶，今天可能會下雨喔。」

「今日白天是晴天，入夜後似乎會下一陣子雨吧。」

白夜先生一邊啪答啪答地搧著摺扇，一邊認真地談論起天氣。空檔時他似乎從吧檯外直直凝視著我的一舉一動。

一想到被人盯著看就讓我有點緊張，感覺他會突然出聲糾正我……

「喂，葵，今天早上有開店……嗎……」

此時，難得早起的曉來到夕顏，只不過，他似乎因為一踏入店內便看見白夜先生的身影而大吃一驚。

「是大掌櫃啊，還真不知道你都這麼早起。」

「咦！啊……為什麼會計長殿下在這？啊、不、您早。」

看曉慌張失措的樣子，我再次在心中確認「啊啊，果然在天神屋的幹部之中，曉算是階級比較低」的事實。

雖然擁有大掌櫃的頭銜，但大家都說他還太年輕。這是年資的問題嗎？或者純粹因為白夜先生真的是至高的存在呢？

「曉，你來得正好。選味醂鯖魚乾早膳定食的話，可以馬上幫你上菜喔。」

「……那我就點那道。」

雖然另一份味醂鯖魚乾本來我是打算留著自己吃，不過曉難得上門，我希望讓他搭配剛煎好的高湯雞蛋捲一起享用。

曉選擇與白夜先生隔了點距離的吧檯位置坐下。

他是不是也不太會應付白夜先生呢？啊啊，白夜先生正用那雙藍寶石般的冷淡雙眸斜斜凝視著曉……

曉似乎看我正在忙，便自己倒了茶喝，只不過現在好像連喝口茶都讓他萬分煎熬。

「來，久等了。」

我快速端著兩份定食走往吧檯，先為白夜先生上菜後，再把另一份端給隔了一點距離的曉。

曉投射過來的眼神彷彿在質問我「這到底是什麼狀況啊」。

「我請白夜先生過來吃早餐，以答謝他幫了許多忙。不過曉，你的話就得乖乖付錢囉。」

「啥？」

我回他一個邪惡的笑容，曉則滿臉疑惑的表情，一邊嘟囔著「早餐錢我不是一直都有付嗎……」一邊拿起筷子。

「好，白夜先生也請用吧。」

剛煮好的白飯還熱騰騰的，搭配現烤的味醂鯖魚乾與軟綿綿的高湯雞蛋捲佐白蘿蔔泥，還有一碗蔥花蜆味噌湯，並附上燙菠菜與醃菜兩道小菜。

「……」

白夜先生盯著眼前的定食看了一會兒。

沒多久他雙手合十，拿起筷子喝了一口味噌湯。他俐落地將湯碗放下、拿起飯碗，優雅地夾著味醂鯖魚乾，搭著配菜享用。

連吃相都凜然又有氣質，端正有禮又美麗的動作彷彿不存在一絲破綻——白夜先生給我這樣的感覺。

我心想一直在人家面前盯著看，應該會讓他不自在吧，於是回到廚房，從裡頭觀察吧檯。

嗯，曉看起來十分顧慮白夜先生。他平常的吃相明明都是豪邁地大口大口吃，今天卻安靜地慢慢吃。我心想這樣有氣質的曉實在太噁心了。

「呃、那個、原來會計長殿下，也會吃東西呀。」

竟然還拋出這種白痴問題，看來他真的很慌張。

「你把我當成什麼？一日三餐是基本的。」

「……說、說得也是呢～」

「說這種話的你，平常有好好吃飯嗎？天神屋大掌櫃這位子不好坐，你幾乎沒什麼休假，所以大老闆常常很擔心你。偶爾也替自己排個有薪假吧，你要是累倒了，天神屋也很傷腦筋。」

「呃、這個、我也沒什麼特別需要排休的理由……是說，會計長殿下您也是，這麼早起，究竟何時就寢休息呢？」

「呵呵！」

「葵，哪裡好笑了？」

曉的客氣態度跟平常差太多，害我忍不住失笑。看這兩個天差地別的妖怪一來一往實在很有趣。話說，原來天神屋也有特休啊。

早餐時光就在這樣奇妙的氣氛中度過。

「話說回來……葵，妳不是說有事想問我嗎？把我帶來這不是為了請我吃頓早餐吧？」

用餐完畢的白夜先生馬上開啟這個話題。

我隔著吧檯望向他，點了點頭。

「嗯嗯，白夜先生曾說過，你與後天即將來作客的那對夫婦很熟對吧？雖然已經聽說律子夫人是人類，不過，你知不知道她是活在現世哪個時代的人？」

「……」

白夜先生挑了一下眉毛，將視線微微瞥向一旁。

「律子殿下她……出生於昭和時代初期。她在長崎出生，學生時代居住於福岡就讀女中，與縫陰殿下就是在那時候於現世相識的。」

「在現世？」

「是呀。縫陰殿下對現世文化很感興趣，常常前往現世拜訪。過去曾負責侍奉他的我，好幾次都跑去現世找人……實在是位隨興的大人，常讓我吃苦頭。」

「咦、哇……」

白夜先生似乎回想起過去的辛勞而嗤笑一聲，隨後喝起熱茶。

「……昭和初期啊。這樣不知道要準備什麼料理比較好呢。」

「當時的現世日本，正值海外料理傳入國內、開始盛行西餐的時代。縫陰殿下與律子殿下約會也都是去西餐廳。」

「……約會……原來如此。」

姑且不論白夜先生口中迸出「約會」這兩字有多突兀，我拿出筆記本記下這些資訊。

既然這樣，準備帶有些許復古風情的懷舊日式西餐比較好吧。

「像是紅酒燉牛肉、豬排飯什麼的不知道怎麼樣？啊、嗯……不過要在隱世湊齊西餐的食材，似乎不是件簡單的事呢。」

「關於這一點，您不用擔心！」

不知何時開始就站在夕顏店門口的銀次先生，似乎一直聽著我們的對話而大聲地插話，彷彿希望我們快點發現他。

「哇，銀次先生，你是什麼時候來的啊？」

歪頭的我站在吧檯裡詢問銀次先生。

「呵呵，我已經來很久囉，雖然沒人發現我的存在。剛才的事我都聽到了。鄰近鬼門的東方大地現在正舉辦異界珍味市集，我想在那裡可以將大部分材料弄到手。」

「異界珍味市集？那是什麼？」

「是在東方大地所舉辦的期間限定市集，集結現世及其他各異界的山珍海味，應有盡有。只要去一趟，需要的食材應該都能湊齊吧。」

白夜先生補充說明。

「形式上主要是以貴族富豪為對象的物產特賣會，也提供許多獨家的商品與服務，能買到許多市面上找不到的異界產品。話雖如此，市集內對客戶的採購數量有限制，另外還會審查用途，以避免商品遭到轉售。」

「那、那我們去採購沒問題嗎？」

「我們的目的並不是大量買進，稱不上是大生意，所以沒有問題。只不過要入場就需要請大老闆發放許可證……」

白夜先生說著從吧檯的客席起身，闔起摺扇收回懷裡。

「接下來的事就託付給小老闆處理……葵，感謝招待，那我先告辭。」

他平淡地交待完畢後，打算早早離開夕顏店內。

「啊，白夜先生，謝謝你各方面的幫忙。不論夕顏還是那對夫婦的事情都多虧有你，以後有空請一定要再光臨……」

「……」

「比方說下次去後山辦事時順便來一趟之類的。」

「喂、妳！」

白夜先生的冷靜在一瞬間崩潰，他慌張地轉過身來。

銀次先生跟曉都不明所以而非常訝異。

了解話中之意的只有我。雖然覺得自己不小心脫口而出的這句話有些不妙，不過我將眼神瞥往斜上方，裝作毫不知情。

白夜先生僵著雙頰，好像非常忿忿不平，不過他似乎趕時間，便努力按捺著怒氣，再次踏出店門口。

從格子窗可以望見他逃跑似地倉促走在連接走廊上。

雖然沒能問他吃完早餐的感想，不過算啦，畢竟他也全吃光了。

「哇……我是第一次看見會計長殿下露出那麼慌張的表情呢。」

銀次先生從剛才就驚訝得兩眼發直，望著白夜先生剛離開的門口。

「葵，妳對會計長殿下做了什麼好事？」

「你這話什麼意思呀，曉，我可是什麼都沒做。」

「不，他那表情……一臉就是被史郎那種邪道威脅的表情啊。」

曉慢慢啜飲著茶說出這番話，好像領悟了些什麼。

「真失禮耶，我只不過是因為受到他諸多照顧，才請他吃頓早飯而已啦。不過太好了，這樣一來後天的菜單就有個明確的方向。」

以我個人來說，光是達成這目的，今天早上就算沒白費了。

再加上還意外發現白夜先生不為人知的一面，某方面也算是握住他的把柄吧。不過，我並沒有打算用那件事來威脅他什麼的……大概吧，應該是沒有啦。

話說回來，天神屋還真是充滿各種有趣的妖怪呢。

雖說妖怪沒血沒淚，不過沒想到就算是那位會計長，也不全然那麼冷酷無情。

當天入夜，我拜訪了一趟大老闆的房間。

目的是取得他的許可，准我明天跟銀次先生一同出門，前往隔壁的東方大地。

「什麼……？妳想去東方大地？」

正好在房間內插花的大老闆，聽見我的請求之後便停下手上的動作。據大老闆所言，這個插花作品似乎是要擺在櫃檯。他以大朵的繡球花為主角，完成一盆氣派亮眼的作品。像我這種門外漢雖然不清楚大老闆的手藝究竟程度如何，不過感覺非常棒，哪像夕顏只有單朵繡球花插在小瓶裡當作裝飾而已……

「東方大地不是會舉辦異界珍味市集嗎？我想去那邊買些食材跟調味料。」

「……」

「……大老闆？」

他的表情比我預期的還來得五味雜陳。大老闆摸著下巴，不知在沉思些什麼。

「該、該不會不行吧？」

「不……有銀次陪著的話是沒什麼大問題……我也很想一同前往，只不過明天正好是天神屋的休館日，我有事必須前往妖都宮內一趟。」

「是為了妖王家夫婦的事情嗎？」

「這件事應該多少也會談到，不過不是主要目的，明天的重點是『八葉夜行會』。」

「八葉夜行會？那是什麼？」

「天神屋是名列八葉之一的旅館，明天就是分別管理八葉、經商支持土地成長的妖怪們聚集於妖都之日。這是所有大妖怪都很重視的聚會。」

「哇……感覺這聚會的成員很不得了。」

話說回來，這位大老闆也擁有「八葉」這個頭銜耶。

以前曾聽說所謂的八葉，是指隱世中分別與不同異界相連的八片土地，同時也是坐鎮這些土地的妖怪受封的職稱。身為八葉的妖怪似乎都會在自己的領地上做些大型生意，也可能像天神屋這樣以店舖本身為據點，負責管理並引導出入異界的妖怪。

這等同於身兼隱世重要機關之職，這樣的大老闆會被召集前往妖都出席聚會，我多少也能理解個中原因。

「嗯……要是我也能同行就好了。」

大老闆又開始咕噥。他面露難色，看起來已完全不在意眼前那盆花，整個擱置在一旁了。

「沒問題啦，大老闆真是的，保護過度了啦，簡直像我爺爺一樣。」

「……咦？」

大老闆難得發出如此呆滯的聲音，並露出不像他的表情。

我是因為祖父過去總過度保護我，才拿他來比喻的，不過看來這樣的形容對大老闆來說打擊非常大，連手上拿著的剪刀都直接掉下來。

「幹嘛啊？被說成像爺爺有這麼受打擊嗎？」

「我……看起來有這麼老嗎？」

「咦？也、也不是……呃，話說你都已活了幾百年，現在還在意老不老的問題嗎？不是啦，我的意思是說你很像我家那位爺爺。」

「……咦？像史郎？」

嗯？大老闆的精神層面好像受到更強烈的重創。他雖然一臉正經，但臉色鐵青。

連死後都還能光靠名號打擊別人，爺爺不愧是隱世聲名遠播的大魔頭。

「哼……我可是老被大家說『妳真像史郎』，真開心有你能分擔我的痛苦呢。」

我個人很想說出「你看看你，活該」這句話。

不過話題為什麼會扯到這裡來呢？大老闆還在為剛才那番話苦惱，不過想快點拉回正題的我湊近他說道：

「欸，真的無論如何都不准我去嗎？」

「……咦？喔喔，東方大地的事嗎？如果差遣使者前往的話不行嗎？」

「你剛剛有一瞬間忘記正題是什麼了對吧？」

真服了他，大老闆的腦袋意外有幾枚螺絲沒鎖緊啊……

「可以的話我想自己選擇食材啊。而且，我一直沒踏出旅館。」

我注視著大老闆的臉龐，清楚地傳達自己的想法。至少這一點我不能退讓。但大老闆也依然保持謹慎的保留態度。

「……危險就是危險，妳身為史郎孫女、天神屋未婚妻，光憑這兩點就有夠多妖怪看妳不順眼了。妳之前在夕顏也成為可疑分子的索命目標不是嗎？犯人的真面目到現在仍未釐清。」

聽到那件事被提起，我微微垂低了視線。

「那是……也對啦。當時要是沒有佐助在場，我確實就完蛋了。」

「……」

「我很容易替大老闆或銀次先生帶來麻煩呢，所以不能擅自行動吧。對不起，大老闆，我只是想做出讓縫陰大人的夫人開心的料理而已。」

「……葵。」

「我本來想說如果能得到外出許可，就請大老闆品嘗我帶來的便當……」

我迅速從背後拿出便當盒，大老闆的表情頓時為之一變。

「不過，大老闆說得是，果然還是不行對吧。我明白的……所以這個便當我也自己拿回去吃掉洩恨吧。」

「等、等一下。葵，妳冷靜點。」

「我自認現在很冷靜唷。」

又是這充滿既視感的對話。

大老闆馬上站起身，拉開牆邊日式古櫃的抽屜，不知道在東翻西找些什麼，嘴裡一邊念著「不是這個，也不是這個」，雙手一邊從抽屜裡掏出各種小東西。

「找到了，就是這個。」

「大老闆，你在幹嘛？」

他手裡不知道拿著什麼東西，走回來跪坐在我面前。

大老闆突然將雙手圈上我的頸子，讓我有點慌張。被一個大男人近距離壓迫，讓我湧現一股強烈的緊張。

「你、你做什麼啊，大老闆。」

我拉高了嗓門喊著，大老闆卻相反地一臉認真。

「葵，把這隨時戴在身上。這東西能守護妳。」

匡啷，有個東西掛在我的胸口。往下一看，映入眼簾的是從脖子一路垂下的鍊子，尾端連著綠色的圓珠子。那珠子看起來是玻璃做的，裡頭有一道小小的青色火焰舞動著。

「哇！好漂亮。不過這東西還真特別呢。」

「這石子封有我的鬼火，是護身的青炎，妳要隨身戴著。」

「……也就是護身符？」

「是呀。只不過聽好了，妳絕對不能離開銀次身邊半步，不許落單。妳若能遵守約定，我就准妳明天踏出天神屋，前往東方大地。」

大老闆告訴我幾條規定，最後同意了這趟外出申請。

我本來一直以為此行不可能成功，所以緊握著在胸口打轉的石子，露出滿面笑容。

「謝謝你，大老闆。」

「……咳。所以呢，可以把便當拿過來了。」

「噢，大老闆，你肚子有這麼餓嗎？」

「問我肚子餓不餓，那倒是還好，只是聽到妳說是為了我而做的，就……」

大老闆的舉動看起來好像非常想要我帶來的便當。

只不過是個便當耶。堂堂天神屋的大老闆，明明能嘗遍比這更美味的山珍海味啊。不過，見到他這副模樣還是讓我有點開心。大老闆雖然總是稱讚我做的料理，但至今我從未完全讀出他的心。

而今天的他，該怎麼說呢？看起來好像真心渴望這個便當。

這本來就是用來賄賂他的沒錯，不過沒想到他的反應如此熱烈。真是太慶幸我有帶來了。

「這樣喔。那……請用吧，聊表我的感謝之意。」

我雖然有點慌張失措，不過還是拿出放在身後的便當，直直遞給大老闆。此時——

「！」

一陣強烈閃光驟現，隨後響起的是彷彿強力劃破天際般的猛烈巨響——最嚇人的那種雷聲。

由於一切發生得太突然，我整個人蜷縮起來，往地上一掉的便當則似乎被大老闆接住了。

雷鳴過後，大雨開始唰唰降下，狂風暴雨從敞開的窗戶吹進來，房內的燈火也突然熄滅。

「噢？雷獸剛經過天神屋上空嗎？我們的鬼火完全禁不起他引起的雷雨。」

「……」

「……葵？」

我似乎在無意識之中抓住大老闆的和服袖口。

他馬上就察覺到了。

周圍一片黑暗，只有遠處閃著亮光的雷擊，不時照亮房內。

「對、對不起……大老闆，我、我有點怕打雷。」

一陣寒意從雙腳冷進骨子裡而讓我蜷縮起來。面對這股感覺，我完全無能為力。

我緊緊抓著大老闆的袖子，拚了命地壓抑自身體深處湧現的某些感受。在兒時的過往之中，有一段被母親棄置在家的記憶，當天入夜後的恐懼，我直到現在也無法忘懷。那一夜下著非常大的雷雨。

孤伶伶的我肚子很餓，再加上心裡滿滿的恐懼，但身旁卻沒有任何一個人相伴。

我一直相信媽媽馬上就會回家而痴痴等待著，然而，她再也沒有回來……當時滲入五臟六腑的那股恐懼，至今每每聽見打雷聲時都會被喚起。

「……葵。」

大老闆陷入一陣沉默，沒多久後喚了我的名字。

我發現眼前突然一片明亮，原來是大老闆從他的指尖點起一盞淡橘色的鬼火。

我只是凝視著鬼火，見它在我與大老闆之間淡淡搖動著。

「沒事的，已經不需要害怕了。」

雖然身為鬼，此時他的聲音與火焰卻帶著一股溫暖，我原本怕得打顫而僵硬的身體慢慢放鬆下來。因為「有個誰能陪在身邊」，對我而言是最能放心的一件事。即使對方是妖怪。

「……」

沒事的，已經不需要害怕了。

這句話讓我覺得似曾相識……

「謝謝你……大老闆。這火焰好美。」

「連妖怪都不怕的葵，原來也有害怕的東西呀。」

「呵呵……很糗吧？我面對害怕的東西真的完全不行。」

特別是餓肚子跟打雷這兩樣。身體是誠實的，我到現在還微微顫抖著。

緊抓著大老闆衣袖的手直到現在都沒鬆開。感覺衣服要被我弄皺了，但我還是不敢放手。

「對不起，大老闆的外褂袖子可能會被我弄皺。」

「如果這樣能讓葵安心的話，妳弄得多皺我都不在意。」

「……大老闆。」

仔細想想，我好像幾乎沒對大老闆提起我的過去。

他一定覺得莫名其妙吧，為什麼一個打雷能讓我嚇成這樣……

「大老闆，那個啊，我……」

一股湧上的情緒好像再也無法按捺，我打算把自己的一些過去說給他聽。

然而在我抬起頭時，望見大老闆臉上的表情，那是無盡的擔憂，令我吃驚得頓時閃神，腦袋裡的話全都卡在喉嚨中。

「……嗯，怎麼了嗎？葵。」

「不……沒事。」

「冷靜點了嗎？」

「呃、嗯。」

我大力點著頭，反應完全像個小孩子。

大老闆剛剛擔心的神情彷彿瞬間煙消雲散，他瞇起了雙眼露出微笑。

雷電在不知不覺間已遠去，轟隆的雷鳴聲也漸漸消失。

雖然我說了沒問題，但大老闆還是特地送我回到別館，對我道了晚安。

還留下一句：「明天玩得開心點。」

第七話 異界珍味市集

不許踏出家門。

無論誰來都不許應門。

也不要大呼小叫喔。要表現得好像家裡空無一人似的——

在母親離開家的那一天，她連正眼都沒看我一眼地如此吩咐。我本來是想照她所說，像個娃娃般一個人待在家裡當好孩子。

我一直以為只要乖乖做好母親吩咐的事，也許有一天她會願意多看我一眼、呼喚我的名字。

那一天入夜後的激烈雷聲，我從未忘記。

媽媽到底去了哪裡呢？她遲遲沒有回家。

雖然她常常徹夜不歸，但在這麼令人恐懼的夜晚，她一定會趕緊回來陪我的。

當時，我在客廳沙發上摀住耳朵，將身子縮在一起，以忍耐可怕的雷鳴。

我不想被母親討厭，所以一直很努力聽從她的命令。雖然還是有忍不住低聲啜泣的時候，但從未放聲哭喊，所以沒有人發現我被留在這屋子裡。

而飢餓感也漸漸向我襲來。

對了，也許家裡哪邊有放食物吧？但沉重的恐懼讓我不敢離開沙發，僵硬的身子無法動彈。當時的我還小，無從了解打雷究竟是什麼現象，只覺得那轟隆巨響與閃電的亮光似乎要把自己吞噬，並且燃燒殆盡。

總之孤單的我又餓又冷。四四方方的屋子也變成囚禁我的牢籠，漆黑又恐怖。我一直一直渴望一些帶有溫度的慰藉……

但無論我怎麼祈求，那天夜裡一個心願也沒有實現。

母親沒有回來，我也沒有東西可吃，更沒有任何溫暖。我得不到任何庇護與陪伴。

對了，在那個下著雷雨的夜晚，我連「那個妖怪」都還沒遇到。

為什麼呢？最後我見到那妖怪、被他拯救，而後在育幼院的生活也因祖父收養而告終。我還找到人生中無可取代的生存意義──「料理」。

為何……直到現在，我還忘不了最初的恐懼與孤獨呢？

○

「啊啊……又是那場夢，真不愉快呢。」

久違地又夢見小時候的情景，大概是因為昨天那陣雷鳴吧。

「明明最近都沒做這個夢了……」

也許是昨晚那場大雨的緣故吧。

我從被窩裡起身，還在半夢半醒之間。

今天早晨的空氣與我混沌的心情相反，十分清新舒爽，完全無視我的低氣壓，清澄又透徹。

在胸前打轉的綠色石子帶著些許餘溫。我將石頭緊緊握在手心，大口深呼吸後站起身。今天是出發前往東方大地的日子，必須做好萬全準備。

我離開鋪有床褥的房間，踏入廚房，發現料理檯上放著昨晚用來賄賂大老闆的便當盒，使當盒旁還附了一封信。

紅燒東坡肉非常美味。

雷鳴雖然已經遠去，但這世上可怕的人事物還多得很。

今日須盡早返回天神屋。

是大老闆的端正字跡。特地寫成信還真是正經啊。

昨天帶去賄賂用的便當裡，是使用後山碳酸水燉煮的紅燒豬肉。看來他挺中意的，太好了。

不過話說回來，從信的內容真能窺見他有諸多不放心呢。

「就是這一點總讓我覺得他跟爺爺很像呢。」

爺爺雖然是那副德性，但對我總是保護過度。也許因為我天生體質容易被妖怪盯上的緣故。

他的過度保護也不是把我關在家裡嚴格管教的那種，而是不厭其煩地告誡我。

畢竟外面的世界雖然危險，但要維持正常生活也不可能足不出戶。如果不學會遇見妖怪時能自救的方法，等真的遭逢危機，就無法保護自己了吧。

大老闆也是，雖然百般不願地叨念，但還是批准讓我外出……

「嗯？也就是說，大老闆是類似監護人的角色？」

我瞬間露出五味雜陳的表情，不過仔細想想，又覺得這話似乎也不是說不通。

大老闆嘴上把我稱為妻子，但對我的態度說起來比較像對待女兒或孫女吧。

「這樣把我當成小孩也是挺不爽的……」

不過嘛，畢竟是我拒絕了婚事，而且我也知道自己距離「成熟女性」還有一大段距離。算了，反正我也把大老闆當成爺爺，也許彼此彼此吧。實際上大老闆也活了遠超過爺爺壽命的一大把歲月啊。

時間剛進入午後，我與銀次先生搭上天神屋的小船「稻葉丸」，在東方大地降落。

東方大地就位在鬼門大地旁，擁有「海門大地」的別稱，是一座海港城市。沿海有廣大的漁港與市場，一旁還有商店街，再遠一點的地方林立著充滿異國風情的洋房。

「哇！總覺得好神奇。雖然本來就知道隱世有市場，不過竟然連洋房都有呢。」

「是呀。再怎麼說，這裡可是貿易興盛的大港口。不僅能買到隱世最新鮮的海產，還能接觸到許多異界的物產與文化。雖然現在出入異界有一定的規範限制，不過從這東方大地前往異界的出境人數，可是拿下隱世的冠軍寶座呢。」

「哇，我還以為鬼門大地是第一名耶。」

「啊哈哈。以出境人數來比的話，鬼門大地是第三名。因為是觀光勝地的關係，商人往返並不頻繁。天神屋主要是提供富裕階層民眾觀光娛樂用的旅館。話雖如此，最近也推出經濟實惠的方案，一般小康階層的客人來訪數正逐漸上升。從『出入異界』這方面來說，天神屋的主要客群為『享受隱世的奢華服務後出發前往異界』，以及『從異界來訪』這兩種。」

「原來是這樣。也就是說，天神屋就像觀光勝地裡那種鄰近車站的高級老字號旅館囉？」

銀次先生仔細為我說明異界的出入境人數以及天神屋的主要客群。的確，以旅館而言，天神屋看起來算是挺高檔的。

聽說異界珍味市集距離最熱鬧的生魚市場與周邊商店街有一段路。

我觀察著周圍的景色走在沿海大街，只是一味往前邁進。

話說這地方還真是生氣蓬勃，忙碌的妖怪們倉促地穿梭其中，散發出不同於妖都與銀天街的氛圍。他們來此並不是為了觀光娛樂，而是為了採購好貨而睜大眼睛挑選，莫名營造出充滿競爭意味的氣氛。

位於漁港的生魚市場已經過了最擁擠的早上時段，現在似乎不是最熱鬧的時候。不過望向海上，漁船還響著汽笛，市場路上的商店街也擠滿客人，魚舖、魚乾屋與海鮮餐廳櫛比鱗次。

這裡的海洋看起來與現世幾乎沒有差別，不過我望見遠方海面上浮著的鯨魚，身上長有色彩奇妙的羽毛，心想這裡果然是異界沒錯。

「欸，銀次先生，這地方也有像大老闆那樣的八葉嗎？」

「沒錯。有一位海龍王負責掌管這龐大的生魚市場。」

「海龍王？完全無法想像呢！」

「啊哈哈，那是一位非常大方的大人，每次碰面都會分送漁產給我們唷。對於不靠海的鬼門而言，這裡是購入海產的重要管道，天神屋與這裡的市場自遠古就有商業上的合作往來。不知道會不會碰到他呢，畢竟今天是八葉被召集到妖都的日子。」

「對喔，我都忘了。」

大老闆確實說過今天要前往妖都。論地位可與大老闆平起平坐的大妖怪們齊聚一堂，這聚會還真是令人如坐針氈。

「穿過這條大馬路之後，前面就是異界珍味市集了。來，我們趕緊前進吧。」

銀次先生卯足幹勁。沿著這條大街前進，漸漸能瞧見一些不專賣海產，而是擺滿隱世各地特產品的商家。

看來，這裡確實能找到各種商品。我戴著跟大老闆借的鬼面具走在路上，張望著周遭環境。走過大街後有個十字路口，過了路口後，接續的是與這隱世有點不搭調，應該說非常突兀的磚瓦街道。在這條路的盡頭處可看見一棟大大的紅磚式建築。

「啊，葵小姐您看，那就是舉辦異界珍味市集的洋館。」

「哇，來到這好像踏進了另一個世界呢。」

和風的石版路突然轉換成磚瓦路，我跨越東西分界線，來到紅磚建築的入口往內窺探。入口確實寫著「異界珍味市集舉辦中」。

不過上面特地註明了，只有持有入館許可證者方可入場。

「果然跟傳聞一樣，需要許可證才能進場。」

「是的，因為採購異界產品的數量有設限。由於這裡聚集各地珍物，購買也要持有許可證。我們以天神屋之名前來，大老闆已經幫我們安排周全了。」

銀次先生從懷裡拿出看似許可證的東西，遞給坐在市集入口處的魚頭妖怪。

「可以入場了，場內禁止攝影。」

「了解。」

銀次先生有禮地點頭致意，我也跟著鞠躬，踏進這間磚瓦打造的偌大建築物。不過那妖怪說禁止攝影，這世界有攝影器材嗎……

「哇！」

這個單純的疑問，我在入館後馬上拋諸腦後。因為在這復古風情的洋館內，滿滿放著對我來說非常熟悉的商品。

「是巧克力耶，有賣巧克力！」

在最靠近我們的一個顯眼位置，堆著巧克力片排成的小山，最先映入眼簾的是來自日本主流大廠牌的產品。

「是的，巧克力在這裡是極受好評的異界珍味。雖然尚未普及，不過富裕階層會為了購入巧克力遠道而來，很多人甚至會直接跑去現世。據他們所言，那是種一試就上癮的味道。」

「的確呢……巧克力真的很引人犯罪。」

「先買一點起來吧？不一定要用在這次的料理中，畢竟巧克力點心還有許多研究的空間。」

「咦？可是巧克力片在現世很常見，在這裡的價錢卻好驚人喔。我們店裡沒太多預算，應該沒錢買非必要的東西吧……」

「呵呵呵，請您放心。由於這次招待的對象是王族，因此有提撥特別補助款。目前還有一點預算，請趁這個機會好好採購一番吧，要是沒花完就太可惜了……嗯嗯，巧克力保存期限長，買個三片應該沒問題……」

銀次先生壓低音量悄聲說道，彷彿打著什麼壞主意。

「也對，那先買起來放吧，我也想做巧克力甜點呢。」

雖然不太清楚詳情，不過既然銀次先生都說好了，當然該買囉。

不敵巧克力誘惑的我們，拿了三片放入購物用竹籃內。因為注意事項上寫一次限購三片。

我一直以為在隱世不可能弄到巧克力，所以從沒想過，不過有空的話，也加個巧克力點心到這次的菜單中吧。

「那麼該進入正題囉，請問您需要採買些什麼食材呢？」

「我想做紅酒燉牛肉。因為想從醬汁開始親手製作，所以需要醬汁的材料。」

「西式料理的食材似乎是在那一邊。」

我們加快腳步，朝著陳列各式西餐食材的專區前進。

戴著面具的妖怪們在館內盡情享受購物的樂趣，在場妖怪的裝扮看起來全來自上流社會。入場需要許可證，也代表踏入這裡需要相當的身分地位吧。畢竟商品價格看起來都不低。

不過話說回來，各種和服造型的奇形怪狀妖怪，出現在西式洋館內採購現世商品的景象，實在很奇特。總覺得更添詭譎氣息呢……

「啊，有了有了。」

發現高湯與高湯粉，旁邊還有罐裝的多蜜醬汁（demi-glace sauce）與紅酒燉牛肉的湯塊。不過我這次想好好花時間自製醬汁，所以先作罷。

「啊，葵小姐，這裡還有咖哩飯的材料唷。」

銀次先生拍了拍我的肩膀，指向擺在一旁的咖哩塊。

「噢，真的耶。」

好幾種熟悉的咖哩塊包裝，分成偏甜、中辣、辣等口味陳列著。不過偏甜口味的陳列數量格外多，果然還是這種口味最受妖怪歡迎吧。

「之前葵小姐從現世回來時所做的咖哩飯，實在非常美味。」

「哈哈哈，那是咖哩塊的功勞。美味的材料不管誰來做都不會難吃。」

「不過大老闆也很讚賞唷。咖哩口味的飯糰也很好吃……不如先買一點回去吧。我正打算未來把咖哩飯加入菜單內，而且我自己也想吃。」

銀次先生極力推薦著咖哩。

這麼一說，銀次先生確實早就提過，異界的飯類料理傳來隱世大多非常受歡迎，所以想在菜單裡加一道咖哩飯。

之前我做的咖哩口味飯糰他也讚不絕口，這意思是……

「欸，我有點好奇，銀次先生是不是很愛吃咖哩呢？」

「咦？」

銀次先生有點僵掉了，還豎起耳朵與九條尾巴。

「啊、不、我是想說……葵小姐……好像很喜歡咖哩才……不，我也喜歡沒錯啦。」

「咦？咖哩當然也是我喜歡的料理之一啦。說到最有家庭風味的手做料理，我想非咖哩飯莫屬吧。我喜歡這種家常菜。」

「這樣子呀……的確，沒有人會不愛吃母親親手做的料理吧。不僅限於咖哩飯。」

「……」

我說出了「家庭」這個詞，而銀次先生說了「母親」。

也許是出自「一般家裡負責做菜的都是媽媽」這種印象吧。

「也對呢。感覺食材在這裡都能弄到手，如果還有咖哩用的調味料、橄欖油，不用咖哩塊也可以自己做咖哩唷。奶油之前就想辦法弄到了……嗯，也許這主意不錯。就在這裡先買齊材料，下次來做吧。」

心裡雖然有個難以言喻的疙瘩，不過我仍表現出絲毫未察覺的樣子，在一旁的架上找到了所需的食材與調味料，一個個扔進竹籃裡。

「啊，有高筋、低筋麵粉！」

我又在內側的貨架上發現目標物之一的麵粉，看來這裡有專為手工麵包設置的專區。

「很多料理都會用到麵粉呢。而且啊，我一直希望能自己烤麵包。啊，這裡還有賣酵母，太好啦。」

「葵小姐，您會烤麵包嗎？」

銀次先生大吃一驚。也不需要如此驚訝吧？不過隱世這裡可能還沒有吃麵包的習慣，所以會覺得很難吧。

我將裝有酵母的盒子丟入竹籃內，露出得意洋洋的表情說：

「哎呀，我對做麵包還挺有自信的喔。雖然爺爺比較喜歡日式料理，不過我曾有一陣子專心研究如何製作麵包，記得是在高中的時候吧……」

雖然被祖父說麵包是邪門歪道，要我搞錯時代也得有個限度，不過我在高中時期確實對麵包懷有一股憧憬。

我想原因恐怕是我沒什麼機會吃到吧。越是被限制不能碰的東西，就越是嚮往——我想誰都有過這種經驗。

一部分也因為當時正值食慾旺盛的發育期，放學後我都會偷偷買麵包來吃，沒多久之後就去圖書館借了麵包製作相關書籍，打算自己嘗試看看。

記得我好像挑準了祖父不在家的時間，用家裡的烤箱來烤麵包。在反覆失敗之後我越來越熟練，結果被祖父發現而大吵一架，但他最後還是心不甘情不願地允許我做麵包。

後來祖父也變得喜歡吃麵包了，甚至還會催我多做一點。

「夕顏有個很大的烤窯對吧？用那個來烤麵包一定很好吃……乳製品是銀次先生幫忙叫貨的，奶油的品質應該很不錯。我想結婚紀念日那天如果能端出美味的奶油麵包捲就好了。」

「原來如此，那些乳製品立刻就派上用場了呢，真開心。」

之前銀次先生幫忙與牛鬼經營的牧場接洽，托他的福，夕顏能定期買進鮮奶油與奶油，能做的料理範圍也更廣了。

「啊，葵小姐葵小姐，請看那邊。」

在生鮮專區採買完必需的蔬菜後，銀次先生又拍了拍我的肩膀，指向某一角。

那邊是館內的開放式酒舖，來自異界的各種酒類一應俱全。

「哇！各式各樣的酒都有賣呢。」

不僅有葡萄酒、啤酒，就連氣泡酒與第三類啤酒（註13）都有……啊，還有罐裝的沙瓦。

在現世人人耳熟能詳的品牌酒，還有像威士忌及伏特加等外國酒類也應有盡有。從便宜的酒到高價的陳年酒都有，也有料理專用的酒。

做紅酒燉牛肉需要用到紅葡萄酒，所以我挑了瓶適合的。

「異界的酒很棒呢，我個人都想買一點回去了。」

「銀次先生喜歡酒嗎？」

「喜歡啊。」

銀次先生仰頭看著酒品陳列架，感慨地說道。

「隱世的酒也是很美味的，例如八岐大蛇酒窖出廠的酒品等。不過我對異界的酒很感興趣，我很喜歡啤酒唷。」

「咦？原來八岐大蛇在這裡是經營釀酒廠的啊。」

果然我首先在意的還是這一點。

銀次先生與啤酒這樣的組合，實在讓我難以想像，不過看他現在注視酒品的眼神比過往更加

註13：以大豆或玉米等麥芽以外的原料釀造，不屬於「啤酒」、「氣泡酒」範疇的啤酒風味酒精性飲料。

閃亮，我想他是真的很喜歡喝酒吧。

「我最近才剛滿二十歲，所以還沒體驗過呢。」

「咦，葵小姐，您沒喝過酒嗎？」

「做菜時是挺常使用的啦。在日本，法律規定滿二十歲才能抽菸跟喝酒唷。」

我本來自認這番話理所當然，但銀次先生竟然露出無比驚訝的表情。在隱世喝酒都沒有年齡限制的嗎？

「那、那下次一起把酒言歡吧。我想邀請大老闆為葵小姐的飲酒初體驗大肆慶祝一番！」

銀次先生幹勁十足地提出邀請。

「銀次先生……只是假藉這個名義單純貪杯而已吧。」

「怎麼會有這種事呢……所以，我們就多買點葵小姐熟悉的異界酒品回去吧，像是啤酒之類的。啊，請不用擔心，這部分的錢我會自己出。」

「……」

看來他找到一個大採購的好理由。

連自掏腰包都心甘情願……啊，銀次先生毛茸茸的九條尾巴搖得可厲害了，完全洩漏他內心的感情。

不過算了，難得銀次先生這麼開心，不製造個機會，我也不知何時才能一嘗酒的滋味……

「我聽聞第一次就喝烈酒的話很危險耶。啊，不過我對紅酒比較好奇呢……」

另外，因為祖父是個酒鬼，所以我對酒跟料理之間的搭配也很有興趣。多了解一些能讓料理吃起來更美味的酒，或者是能帶出酒的美味的料理，我想這在今後夕顏的經營上也是重要的課題之一。

老實說我對日本酒與燒酒很好奇，不過做為初次挑戰的選項，門檻好像有點高得恐怖啊。

「嗯？那是常世產的？」

正當我猶疑不決時，發現牌子上寫著「常世產」的酒。帶著古風的酒瓶看起來很有味道，完全不像來自現世的東西，瓶子上還寫著奇妙的文字。

「喔喔，那是來自常世的梨子酒，甘甜又美味，在隱世也很受歡迎。」

雖然被梨子酒這名稱給吸引了，不過我更在意的是「常世」這兩字。

「常世是現世與隱世以外的另一個異界。與隱世的往來程度雖然不比現世，不過也有一定程度的交流。」

銀次先生察覺到我困惑的表情，於是補充說明。

這是我第一次看見既非現世、也非隱世的其他異界產物。常世究竟是個怎麼樣的世界呢？

我們完全著迷於異界珍味市集，在這裡待了好久。

實在心滿意足，需要的東西全都買齊了。

離開市集後，再次踏上沿海大街。腳下洋溢異國風情的磚瓦路，不知不覺又換成充滿隱世風味的日式石版路。

天神屋的小型飛船「稻葉丸」已來到附近的渡船口等待我們。我們倆沿著大街旁通往渡船口的階梯而下，把滿滿的戰利品堆進稻葉丸裡頭。

「葵小姐也餓了吧？我們去哪吃個飯再回去吧。」

「對耶，我肚子完全空了。這裡有什麼好吃的呢？」

「海鮮的話應有盡有唷，畢竟這裡是港口城市……」

我們從渡船口再度來到大街，銀次先生回頭望向剛才走上來的方向，凝視著眼前廣闊的海面，他的銀髮隨海風搖曳。我也跟著望向相同的方向。

眼前是一片無邊無際的碧海。在海的另一端究竟有些什麼呢？

「海很美對吧？我呀，曾經在南方大地待過一段時間，所以一見到海就會有點懷念呢。」

「銀次先生曾經住過南方大地嗎？」

「嗯嗯。之前應該也跟您提過，我過去曾在別間旅館工作，那是位於南方大地一間名叫『折尾屋』的旅館。那裡是個很棒的地方，放眼望去能看見一整片美麗的大海與沙灘。」

「……」

凝望著遠方的銀次先生，眼眸看起來比平常晦暗了一些。

這件事在之前與大老闆及銀次先生一起在銀天街吃飯時，就曾經稍微耳聞過。

這樣啊，原來銀次先生之前是在南方大地工作。

所以看見海就開始思念了嗎……

「南方大地嗎？這麼一說，薄荷僧先生也說過，他隨身攜帶的面具是在南方大地買的……」

南方大地究竟是片怎樣的土地？

強勁的海風拂過，往銀次先生望著的方向捲去。

——往海的遙遠彼端。

……鈴鈴。

這時，似乎有一陣頗有特色的鈴聲伴隨著海風響起。

我回頭望向人來人往的路上。在商店街的人潮中，彷彿唯有那一點的時間靜止了，有一個金色的身影靜靜佇立著。

「……啊。」

我瞪大雙眼。佇立的身影纏繞著寂靜的氣息，凝視著這裡——是一位金髮少女。我還以為是之前來訪夕顏的座敷童子。

那女孩撐著一把白色陽傘，雙眼被傘緣遮住，底下若隱若現的小嘴塗著紅色的唇彩，勾起美麗的弧度。

人潮的喧囂聲漸行漸遠，猶在耳際的只剩拍打上岸後隨即退去的浪潮聲，以及少女身邊傳來的鈴聲。我完全被某種東西所擺布。

少女轉身背對我們跑走。

「等等，很危險的！」

我追著衝出十字路口的少女。

必須追上她才行——為什麼心中會萌生這樣的念頭？

當然，這是有理由的。因為一輛看起來珠光寶氣的俗麗牛車奔馳在人群之中，而少女正直直地往牛車衝過去。

然而老實說，似乎是我的身體受到外力的控制，促使我動起來。四肢簡直就像被從空中垂下的絲線操控著。

那抹看起來轉眼即逝的細緻金色鱗粉，像揮散不去的餘香般帶著我前進。

「葵小姐！」

銀次先生呼喚我。我知道他追著跑出去的我，對我伸出手，但是我無法停下自己的腳步。

「……咦？」

在我追上少女的瞬間，眼前的景象完全變了。

到底發生什麼事了？

周圍一片黑暗，剛才身旁的景色已遠去，大海、市場與磚瓦建築全都消失，剛踏上的十字路口、差點撞上我們的牛車也都不見。我回頭一看，別說銀次先生，剛才路上熱鬧的妖怪行人也都不見蹤影。

瞬間，背後響起嬌小少女的笑聲。

「呵呵……睡一會兒吧。」

她僅僅留下這麼一句耳語。

她的眼瞳深處浮現金色的花朵，彷彿像是繡上去的圖樣。

我感覺到少女的氣息就在背後，以為她用小小的雙手輕輕蒙蔽了我的眼。一陣紅豆的甜甜香氣突然鑽入鼻腔，我已無法保持清醒。

耳邊傳來雨聲。

清醒之後，我發現自己在一個很暗的地方。不對，這裡暗歸暗，但跟那位少女引領我進入的黑暗不一樣，這裡是現實中的黑暗。

總覺得聞到一股腥味，是海的味道嗎？空氣中充滿潮水的氣息。

「痛！」

一移動身子就立刻撞上什麼東西。我惶恐地摸了摸確認，感覺是個類似大木箱的東西。

這裡到底是什麼地方？我用雙手摸索著周圍環境，牆壁跟地板的觸感像是泥土。

「看來我……又闖禍了呢。」

我發出難堪的呻吟。都被大老闆三番兩次叮囑了，要我別離開銀次先生一步，身體卻還是逕自跑了出去追著那位少女。

這是不是妖怪特有的幻術呢？我徹底被關進這樣一個空間內。

說起來，那位少女究竟是什麼？

「不知道我昏過去多久了呢？」

銀次先生是否平安？現在又是幾點？

接下來會如何呢？

我不想被侷限在這些討厭的想法之中，又移動起身子，想著必須先找到出口才行。然而站起身後，發現天花板意外地低，伸手就能觸及。

「有人嗎？有沒有人在呀？」

我敲著牆壁與天花板大喊，聲響迴蕩在這個昏暗的空間內，沒有得到任何回應。

「啊，對了，我的天狗圓扇。」

我心想不如就拿插在背後的天狗圓扇把這個地方吹掀好了，卻遍尋不著扇子。

「怎麼會……」

沮喪的我一屁股坐下來。看來把我囚禁在此的傢伙，也很清楚我擁有天狗圓扇。

而且，現在肚子非常餓。畢竟還沒吃飯就被抓來了啊。

行李也全放在天神屋的船上。

「……真討厭。」

我討厭餓肚子，也討厭又暗又窄、無法逃脫的空間。

這簡直就像過往的心靈創傷如預感般悄悄襲來。

「不，現在就消沉還太早。這裡一定是倉庫吧，一般來說綁架了人質，不是關進大牢就是倉庫裡。」

我再次緩緩起身，現在已漸漸適應周遭的黑暗。

我翻倒靠在最邊緣的方箱，拿起棒狀的東西亂揮一通，總之試圖展開破壞行動。雖然完全不知道手裡拿的到底是什麼。

「匡啷」、「碰咚」的噪音持續響著。這樣是不是很危險呀？不過總比繼續被關在這裡好。

「喂！不要搞破壞啊！妳真的是人類丫頭嗎？」

「咦？」

總算從天花板傳出聲音。恐怕是犯人的同夥。

聲音聽起來似乎是發現我的破壞行動，而慌慌張張出面喝止吧。

「那邊有人對吧！把我關在這種地方，我可不會放過你們！」

雖然是人質，但我試著出聲威脅。犯人發出了「唔唔」的聲音，明顯心生畏懼，但隨即又強勢地回我一句：「妳、妳又能拿我怎麼辦！」

嗯……怎麼覺得聽起來只是個小角色。

而且這聲音總覺得非常耳熟……

「你到底是什麼人！把我抓來這裡有什麼企圖？」

「哼！妳給我在這裡乖乖待上兩晚吧，等妖王家夫妻的結婚紀念日過了再說！」

「……什麼？」

這是怎樣？我完全不懂對方的目的何在。

「等一下，不是應該要殺了我之類的嗎？」

「啥？把妳殺了還得了。雖然像妳這種得意忘形的人類實在是礙眼得要命，我的確恨不得讓妳從這世上消失沒錯。」

「……」

「噢，差不多該回去了。等那對夫婦的結婚紀念日過後，就會放妳出來啦，天狗的圓扇也會在一切結束後還給妳。就這樣。」

「啥、啥呀？你給我等一下！你打算把我丟在這裡整整兩天？別胡鬧了！」

我邊敲著天花板邊大喊，但沒有得到任何回音，也沒有感受到任何人的氣息。

「搞什麼……別以為人類跟妖怪一樣啊……」

人類可沒堅強到被囚禁在黑暗的空間中整整兩天還能平安無事。

我的臉色鐵青，再度無力地坐下來。

插曲【二】

「大老闆，您真的打算前往東方大地嗎？」

得知葵失蹤，大老闆決定從妖都宮中前往現場。

他現在正踏出宮殿內屬於天神屋所有的空中樓閣，前往位在宮殿上層停泊著飛船的渡船場。

「白夜……後續的事就交給你。」

大老闆朝著隨行其後的我——會計長白夜如此說道。

「……這當然，這裡就交給我負責。只不過身為八葉之一的您未出席夜行會，可能會招來他人的閒話吧。」

我將視線微微瞥往一旁，吐出眼前的擔憂。

大老闆把重責大任交付給我，對我而言是榮幸至極，但今晚的聚會有多麼重要，不可能只有我知道，大老闆本身應該最清楚才是。

「葵的失蹤會不會是出自她本人的意願呢？或許她一直在尋找能從天神屋逃跑的時機。」

我只是闡述了眾多可能性之一，大老闆卻頭也不回地馬上回答「那不可能。」

「假若她真有逃跑的念頭，之前回到現世時，機會多得是。再說，葵其實是個很重情義的姑娘，只有這一點可以確定她跟史郎是完全相反的。這是因為她過去曾被妖怪所救，欠對方一份恩情，所以不會做出背叛妖怪的行為。」

「……若您如此信任她，那就好。只不過，為何您會批准葵外出呢？雖說有小老闆同行，但覬覦她的妖怪可多得是。」

既然如此重視她，根本不該讓她離開。

然而大老闆卻允許她外出。

「葵是籠中鳥嗎？我並沒有想束縛她的意思。沒錯，她總有一天會成為我的妻子，所以……必須多認識這個世界。」

踏上連接多棟設施的空中迴廊，強風將大老闆身上的天神屋外褂吹得掀起。背負著天字圓紋的這身造型，確實有著身為隱世大妖怪該有的風範。

「新娘殿下要是有什麼萬一，前去解救便是為人夫的責任。所幸即使我如此胡來，底下也有眾多優秀的下屬能替我補救。」

「……唉。我不再多言了，會盡力而為。」

大老闆的視線簡直像在說「你懂我的」，連我也拗不過他。

我打開摺扇，邊搧邊掩上了嘴。

「哈哈，白夜真的很可靠。八葉雖然是強者齊聚，不過裡頭也有許多妖怪曾受你照顧，無法忤逆你。長壽真有利啊，活得越久越能做為武器。」

「別說得如此事不關己……您看，周遭馬上開始謠言四起了。」

「不愧是白澤，那九隻眼睛什麼都能看透呢。」

大老闆的口吻雖然悠哉，但在隔著中庭的對面迴廊上，有一個看起來洋洋得意的身影正觀察著我們。

那是身為八葉之一的洗豆妖，「大湖串糕點屋」的老闆……

其他還有多得數不清的目光，從四周角落注視著我們。有些是表面上與天神屋維持友好關係的妖怪，有些則連表面工夫都不打算做。

還有……

「唷，『天神屋』的大老闆。」

埋伏在前方路上等候的身影是戴著白色能面的男人。他留著一頭鮮紅色頭髮，還有一條相同顏色的氣派尾巴，身旁有一名臉戴能面、身材嬌小的侍從在旁待命。

「『折尾屋』……亂丸啊。」

眼前這位紅髮男子，就是掌管南方大地的八葉之一，「折尾屋」的狛犬（註14）——獸王亂丸。

折尾屋與天神屋都是老字號旅館，長年來互為敵對關係。

註14：是一種想像中的神獸，長得像獅子也像狗，多是成雙成對地出現在神社或寺廟門口，或本殿左右兩側，據說是神明的差使。

而折尾屋也正是我們家現任小老闆——銀次殿下過去曾大展他那舉世無雙的企畫與業務才能的前東家。

因此，兩間旅館間水火不容，結下了無數梁子。

「天神屋啊，你是打算去哪裡？夜行會馬上就要開始囉。」

「……夜行會我會請白夜留下來參與。」

「你說什麼？意思是身為八葉之一的你卻不出席？哼，天神屋是從何時開始能擺起這種架子的？」

「……隨便你怎麼說，我現在有個非去不可的地方。」

雙方以互不相讓的口吻與態度刺探著彼此。

亂丸殿下一副雄赳赳氣昂昂的氣勢，而大老闆的語調則是平靜至極。

「喂喂喂，別笑死人了。身為八葉卻不出席夜行會，這可是前所未聞啊。你是打算拱手讓出八葉的位子嗎……呵呵，不過看你這麼急急忙忙，大概捅了什麼大婁子吧，願聞其詳呀。」

「先告辭了。」

大老闆並沒有特別理睬對方，快速穿過亂丸殿下的身旁離去，我則斜眼目送折尾屋一行人離開。他們也沒再對我多說什麼。

八葉成員間的情勢錯綜複雜，彼此的關係無法一言簡單道盡。

也有許多不相關人士在一旁窺探兩人的對話。

八葉之間互扯後腿的狀況已是司空見慣，甚至也曾引發影響營運的大問題。
因此他們總是互相刺探。
在刺探的同時，一邊尋找能打敗對方的破綻。
「那麼大老闆，祝您一路順風。」
我深深鞠躬作揖，在渡船場目送大老闆離開。
大老闆搭上的飛船「天神丸」正如其名，是艘巨大的船，印有天字圓紋圖樣的帆迎著風，氣勢萬千地鼓起。
「……好。」
這裡是隱世妖都的宮殿之內。
過去我曾在這裡以官員的身分一路爬上高位，成為妖都王族的教師，服侍過多位大人。
雖然後來成了天神屋的會計長，不過在這宮中，我還是能發揮一點影響力吧。
我將隨身攜帶的摺扇「啪」的一聲快速收起，抵在嘴邊算計著。
難搞又陰險的妖怪所帶來的麻煩，就由我來全力剷除。

第八話

妖都王族老夫婦的結婚紀念日

依稀記得那位妖怪最初出現在我眼前，應該是在母親沒回家的第三個晚上。

「……是誰？要來把我吃掉嗎？」

「……」

「一定很難吃的唷，因為我瘦巴巴的嘛。」

我已經沒有食物，也沒有移動的力氣，躺在冰冷的地板上望著屋子一隅的黑暗角落。那裡有一個戴著能面的陌生妖怪。

我從小就看得見妖怪。

妖怪與母親不一樣，他們總是興致勃勃地觀察著我。

基於從小累積的經驗，我也早就清楚他們的目的是想吃掉我。每當他們想接近我時，周遭總會發生詭異的現象，而讓那些看不見妖怪的其他人非常害怕。

我總是帶給大家麻煩，所以媽媽才會討厭我吧。

如果我不在了，媽媽會不會變得開心點呢……

『妳不害怕嗎？』

潛藏在暗處的妖怪用低沉的聲音問我。

『妳不求救？不哭喊嗎？』

不只是小孩，只要是看見妖怪的人，理所當然都會採取這些舉動吧。

「沒事的，一點都不可怕唷。」

然而，還是個小孩子的我，卻用淡然的眼神凝視那個妖怪回答他。

「……反正……遲早都是一死啊。」

只要看開了，就沒有什麼好害怕的。

我甚至覺得，自己有一股想趕快從這裡解脫的念頭。

「總覺得好像很痛苦、很悲傷、很痛……我已經搞不懂了。」

『……』

但是一個人好孤單。對我而言，只有近在身旁的那個妖怪可以幫我排解寂寞，因此我反而不希望他如同幻想般煙消雲散。

那個妖怪從暗處凝視著我好一陣子，看來沒打算把我吃掉。

他臉上戴著白色能面，看不清楚面孔與身影。

沒多久，那個妖怪從暗處伸出手。他的動作顯露出一瞬的猶豫，但終究還是緊握住被拋棄的我那隻小小的手。那瞬間，我感到些許的刺痛。

為什麼會痛呢？

那同時也是一種體會到自己真實活著的痛楚。

『沒事的，一點都不可怕唷。』

妖怪重複著我剛才說的那句話。

但接續的下一句卻完全相反。

『因為妳會繼續活下去的。』

○

「……嗯……」

滴答，雨水滴落在手背上，我醒了過來。

我似乎是抱著膝蓋睡著了。

頭好痛，也許是因為剛才又夢到那場惡夢的後續。片段的記憶總是零碎地復甦，這次連彼此的對話內容也回想起來了，雖然只有一小部分。

那場夢要傳達給我的訊息究竟是什麼呢……

我感到一股強烈的疲憊感，然而雙眼睜開後所見的景象一如昨日。

「果然，我還在這裡呢。」

唉，我嘆了一口氣，抬起臉龐。
被抓來這地方究竟過了多久的時間？雨水滴答滴答地從天花板漏下。
「這股寒氣一定是因為下雨的關係吧。」
或許也因為我的身子被淋溼了。漏進來的雨在我睡著時滲進和服，將我弄得溼答答。
不，原因不只這些。雨漏進來的地方非常冷。雖然不至於凍僵，但將手貼在地板上，可清楚感受到一股冰涼。
該不會……這裡原本是個類似冷藏庫的空間吧……
我產生了一股不祥的預感。剛才還呈現常溫的空間裡，現在漸漸感受到越來越強烈的寒意，簡直就像原本關掉電源的冰箱在剛才重新啟動了。
「啊……」
胸口感受到一股緩緩湧現的溫暖。我這才想起，便將藏在和服底下、掛在胸口的那條石頭墜子掏出來。
「這是大老闆給我的……好溫暖。」
石頭裡搖曳著一簇綠色的火焰。
火焰十分溫暖，光是握緊石頭就能得到一些小小的慰藉。
隻身待在黑暗中，真的快把我壓垮了。
轟隆轟隆……

我嚇了一跳，因為在雨聲中聽見了彷彿響徹全身的雷鳴。

「呃……喂，放我出去啦！」

我站起身，朝天花板大喊。我對雷聲抱持的焦慮感開始強烈湧現。然而，無論我怎麼敲打天花板，也得不到任何回應。

沒多久，雨勢似乎變大了，這場豪雨簡直接近暴風雨來襲。落雷越來越靠近，轟然響起激烈的雷鳴。

糟了，這下真的糟糕了。越來越冷的身軀顫抖得更加厲害。

我用手掌拍打著天花板摸索，感覺是一塊岩石構成的牆壁，遍布著許多縫隙。用手指描繪著縫隙，發現它們連成四角形，似乎像是一道門。只是不管我怎麼推都沒有動靜，那一定是很厚重的大門。

「哇！」

水從岩石的切縫湧入，來勢洶洶，跟剛才為止的漏雨完全不同。

「這……太慘了吧。」

心臟撲通撲通地跳個不停。之所以會有「完蛋了」的不妙預感，是因為流進來的水溫驟降，且已經淹沒我的雙腳。

就在我手足無措時，水勢又變得更強，灌入這個狹小的空間。

即便如此，我還是無法看清眼前究竟發生了什麼事。

雙腳泡在冷水中，身體逐漸變冷，這股感覺喚醒我的恐懼。寒冷、黑暗與孤寂緩緩逼近，向我索命。還有飢餓感……

雖然狀況完全不同，但我開始覺得十分相似——就像小時候經歷過的那一週。

「放我出去！把我從這裡放出去！」

我竭盡全力嘶喊，任憑漏進來的水淋在身上。我捲起因吸水而變沉重的和服衣袖，全力用拳頭敲打著天花板。

然而石門依舊不為所動，豪雨聲輕易將我的吶喊抹去。

我咬緊牙關——現在的我跟小時候曾一度放棄一切的自己不一樣了。

我有必須達成的任務。不管那是多麼不合理，我也已決定那就是自己要完成的野心。人只要擁有野心就能活下去。

「……啊！」

但猛烈的豪雨輕易地擊潰我的逞強。我本來以為灌進來的水勢稍微變弱了，隨後又馬上一口氣湧進來。我不敵這陣水勢，被推入及腰高度的水面下。

到底是哪來這麼大的縫隙，能讓這麼多的水灌進來？

我雖然努力試圖站起來，但身上的和服非常重；而且因為全身發冷的關係，連體力也被奪走，沒辦法順利起身。

呼吸困難。又黑又冷。好可怕……

「……？」

在意識趨近模糊之際，我看見一個東西散發出朦朧的光芒。那是一抹搖曳的淡綠色，彷彿螢火蟲般在眼前舞動著。

我用盡所有力氣伸出手，想得到任何一絲溫暖。

「葵！」

觸及綠色光芒的瞬間，我的手被一股強而有力的力量拉起來。

呼喚我名字的那道聲音，清楚地傳進耳裡。

奇怪？這聲音……

「葵，妳沒事吧？」

聲音的主人緊緊擁我入懷，總覺得好溫暖。

這就是我一直以來渴望的溫暖。

「沒事的，一點都不可怕唷。」

啊啊……我一定又進入那場夢的後續。

總覺得最近常常夢見那場夢——被妖怪救了性命的夢。

此時的我，確定這聲音的主人就是當時那個妖怪。

「……」

但是在意識斷線的前一刻，我看見的是抱著我的黑髮鬼，露出一臉嚴肅的表情。

長得好像我認識的人。這是……大老闆……？

啊啊，從這漆黑空間的上空，緩緩流洩帶著暖色的燈火。

這是怎麼回事呢，難道他是來接我的嗎？

在這個抱著我的妖怪身後遠處浮現的燈火之中，彷彿看見了爺爺諷刺的笑容。

當我睜開雙眼時，看見的已不是那個狹窄又漆黑的地下倉庫，而是格子狀的天花板。

「……我死掉了嗎？」

我非常認真地如此堅信。然而，一位垂眼和一位妝有點濃的女接待員湊近注視著我的臉，我才察覺到這裡是自己再熟悉不過的地方。

是夕顏。夕顏裡面的房間，也可以說是我的生活空間。

「啊，小葵醒過來了。」

「哎呀呀，果然妳這個人就是狗屎運呢，明明是個人類卻這麼命大。」

兩個聲音各自說道，是春日跟阿涼。我發愣了一會兒，隨後交互看著她們的臉。

接著我回想起剛才的處境，雙眼越瞪越大，猛然坐起身子。

「……唔！」

「啊，小葵，妳再多躺一會兒比較好啦，妳的身子還非常虛弱！」

起身的瞬間我便感到一陣暈眩，春日扶住了我。

「欸，我到底發生什麼事？現在又是什麼狀況？」

我慌慌張張地詢問。她們倆看著情緒激動的我，隨後面面相覷。

「葵，妳還記得妳去了東方大地吧？現在是隔天下午，差不多兩點。」

「兩……」

我一時語塞，抓緊了棉被。

「我、我得快點起來，要為那對夫婦的結婚紀念日準備宴席才行……沒剩多少時間了。」

阿涼皺著眉頭說了聲：「啥？」

「妳現在還有空想這些啊？看妳好像沒什麼自覺，妳知道自己差點就沒命了嗎？要不是大老闆出手相救，妳現在不知道會落得什麼下場。」

「……咦……？」

「小老闆聯絡了人在妖都的大老闆。大老闆也真是的，就這樣丟下八葉的夜行會不管，跑去救妳。可真是鬧得雞飛狗跳的。」

「……」

大老闆跑來救我？

那麼，在水中握住我的手、拉我起身的果然是大老闆沒錯嗎？

那時意識已經模糊的我，處於半夢半醒的狀態，感覺好像看見大老闆，還見到爺爺。

最奇怪的是，當時彷彿在他臉上看見了過去救我一命的妖怪影子……

「小葵，妳知道把妳關進生魚市場老舊地窖裡的犯人是誰嗎？」

「咦？不……我只有聽到對方的聲音。」

那個從地窖天花板傳來的聲音，我完全辨識不出對方是誰。

「嚇死我了，竟然是我們旅館的廚房實習生，那群達摩啊。」

「咦？是這樣嗎？」

聽她這麼一說，那語氣的確像是他們。為什麼當時沒發現呢？因為被抓走時的情況實在太詭異又模糊，我完全沒聯想到是那群老是做出小學生等級惡作劇的實習達摩們。

「他們在東方大地的港口被小老闆逮個正著，現在正接受盤問。一定是因為妖王家夫妻的結婚紀念日餐宴交給小葵全權處理，他們眼紅了。實習達摩們說這是為了幫料理長出一口氣。」

春日盤起雙臂，怒氣沖沖地說著「這太過分了」。

「而且，竟然還把妳關進有冷藏設備的地窖裡！那可是為了保持海鮮的鮮度才設的地窖耶！雖然好像久未使用成了廢墟，但因為雨水漏進去的關係，誤觸了殘留的冰柱女冰塊，不小心啟動保冷功能。聽說他們辯稱不是有心的，但誰知道呢？小葵可是因失溫而陷入生死關頭耶！」

不愧是消息靈通的春日，她把事情經過詳細地告訴了我。

原來是這樣，那地方原來是有保冷功能的地窖啊，難怪下了雨之後就突然變得好冷。

「若換成是妖怪應該沒啥大礙，但人類小姑娘是很嬌弱的啊，那種程度的寒冷很容易就讓人沒命了呢。」

阿涼的口吻不像春日那般激動，也許因為她也曾覬覦我的性命，為了避免被追究上次的責任，她望著遠方沒發表太多意見。

我嗅到一股淡淡的藥草味，是從自己身上散發出來的。

這有效地舒緩了我現在緊張激動的情緒。

看來好像有人幫我清理了身子。明明那時全身淋得溼透了，現在卻連髮絲都徹底乾了。

我大大地做了一次深呼吸，嘗試搞清楚目前的狀況。

「在我睡著時，發生了很多事情呢。欸，大老闆他們現在在哪？」

「咦？在本館頂樓的會議室喔。就是之前小葵差點打算從外廊一躍而下的地方……」

「我得過去一趟。」

雖然身上的白色浴衣顯然是睡衣，但我仍直接站起身踏出房間。

夕顏的廚房裡擺著昨天採購的食材。雖然我很在意今晚招待宴的準備進度，但當務之急是去找大老闆問個清楚。

「欸、欸，小葵啊，等一下啦。」

阿涼跟春日在後頭追著大步邁向前方的我。

然而我還是甩開她們，穿過連接走廊進入本館。

我無視旅館員工與客人們的目光，一口氣前往頂樓，來到大老闆他們所在的大廳前。

裡頭傳出聲音。對於對話內容感到好奇的我，將耳朵貼在拉門上。

「大老闆，這次行動全是我們擅自作主的！」

「沒錯！跟料理長一點關係都沒有。」

「我們只是希望這次的宴席能交給料理長掌廚……畢竟，那種人類小姑娘怎麼可能做出多好吃的東西！」

我聽見哭喊般的說話聲。

「混帳東西！是客人們要求讓史郎家的小姐來掌廚的。惹出這麼大的事情，哪還有心情品嘗我做的料理！」

我聽見「咚咚」的劇烈聲響，這是有人被揍了的聲音吧。

「大老闆，責任全在我。雖說七夕祭迫在眉睫而忙得昏天暗地，但全都怪我監督不周……讓史郎家的小姐遭遇如此危險，我實在沒臉繼續留在天神屋了。」

「料理長……」

「我不求您原諒這群傢伙，但至少別賜給他們生不如死的嚴厲刑罰。他們雖然腦筋差，但我很清楚全是為了我著想……請容我辭掉料理長一職，離開天神屋。」

我聽見料理長說他打算離開天神屋而慌張到極點。

太激動的我不小心順手拉開拉門。

「萬萬不可！」

我不假思索地大喊。房裡有大老闆、銀次先生、料理長大達摩，與頭上腫著包的小達摩三人組。他們三個現在變成不倒翁的樣子。

實習達摩們平常總是以整張臉紅冬冬的平頭人類外型現身，現在都變成西瓜大小的不倒翁，在大妖怪們面前發抖。

「葵，妳已經沒事了嗎？」

「嗯，大老闆。別看我這樣，在人類中算強壯的唷，面對妖怪的惡作劇也一路撐過來啦。」

我冒冒失失地闖入房內，對大老闆說道。

「我可不同意料理長辭掉天神屋的工作喔。」

「……哦？葵，妳這究竟是哪來的想法呢？打算袒護讓自己身陷危機的兇手嗎？」

「什麼？我怎麼可能做那種蠢事！是因為如果料理長就這樣走了，我不就沒機會一嘗天神屋的宴席料理了嗎？」

「……」

大老闆似乎沒能理解我這番話而微微皺起眉頭。

在場的其他妖怪也是類似的反應。

「我一直想說總有一天要吃到……」

然而，我完全不在意眼前的狀況，轉身面向達摩料理長。

「若想辭職，先等我嘗到你做的宴席料理再說啊！」

我是不是腦袋燒壞了？就連自己也覺得這番話蠻橫得毫無道理。

然而，即使有這樣的自知之明，我還是說出了口。因為我覺得如果現在不說出來，可能永遠沒機會吃到了。這點我絕對不接受。

料理長雙眼瞪得圓大，張開的大嘴僵著無法動彈。

「……哈哈哈哈哈哈哈哈！」

到底是哪裡好笑？剛才臉上還掛著嚴肅表情的大老闆，現在卻拍著膝蓋大笑起來。不過他的笑點的確挺奇怪的，偶爾會在莫名其妙的地方被戳中。

但這次比往常都還誇張，捧腹大笑的他幾乎讓我想問：「有必要笑成這樣嗎？」他甚至還笑得太激動而喘不過氣。

被笑成這樣，我才知道自己剛才講的話有多麼愚蠢，臉蛋羞得發燙。

「你、你，不用笑得這麼誇張吧！」

「哈哈哈哈哈！」

與笑個不停的大老闆相反，其他人都板著一張鐵青的面孔。

「葵，遇上那麼過分的事妳不生氣嗎？還是因為恐懼過度，連要生氣都忘啦？」

「怎麼可能啊，我氣得要死。」

我壓低音調來表現憤怒，然而心中的羞赧與憤怒逐漸混雜，讓我的心情變得五味雜陳。

「不過這也沒辦法啊，因為我更不希望再也沒機會吃到料理長做的宴席料理。」

話一說完，我的肚子「咕嚕」地叫了一聲。

這麼一說，我才想起自己一直沒吃到東西，不禁淚眼按著肚子。

「唔唔……哇哈哈哈！果然是史郎的孫女沒錯！能講出這麼任性蠻橫的一堆歪理，完全是同個模子刻出來的！」

嚴肅的氣氛已徹底崩潰，就連料理長也捧著肚子大笑。

我可是快餓死了耶。

身體好像虛弱得快要站不穩，早已察覺的銀次先生搶先一步從背後扶住我。

「葵小姐……您還好嗎？」

「銀、銀次先生，太好了……你沒事呀……」

「我的事就不用擔心了，真的萬分抱歉，有我跟在身旁卻讓這種事發生。」

銀次先生的表情蒙上微微的陰影，看起來非常自責。

我不希望銀次先生有這種想法，便回了一句「你在說什麼呀，我好得很呢」，並靠自己的力量站穩身子。我沒打算讓銀次先生操這種心。

而大老闆似乎聽見我剛才的肚子叫聲，不知為何變得坐立難安，站起身拚命往和服袖口裡東掏西掏，把東西一個個掏出來又放回去，嘴裡念著「不是這個」、「不是那個」，不知道在找些什麼。他的袖子裡是四次元百寶袋嗎？

「……啊。」

大老闆掏出來的物品之中，包含那條綠色的石頭墜子項鍊。裡頭的火焰已變弱，變成淡淡的綠色。我將那條項鍊撿起來。

「這是……」

「啊啊，這個啊。向我通報妳所在位置的就是這個呢，它已完成使命了。」

「是這個嗎？是這個救了我？」

「可以這麼說。這原本是我的鬼火，算是一種妖術吧，就是類似役使魔的東西，不過這鬼火接著就會消失了。」

大老闆看起來毫不在意，繼續掏著袖口。

雖然聽他說這墜子已經失去效力，但我不打算就這樣丟掉，便偷偷戴回脖子上。

「有了。來，葵，這是幽林堂的銅鑼燒，吃吧。」

「為什麼袖子裡會放銅鑼燒啊？」

那是以高級和紙包裝起來的銅鑼燒。雖然開口吐嘈，但我實在不敵飢餓感，老實地收下了。

「那麼料理長，在葵吃到你的料理之前，我不會放你離開天神屋的。你自尊心很高，所以可能想扛起主管的責任，辭掉這裡的工作以示負責，但她覺得這樣不足以贖罪，果然是我可怕的鬼妻呢。面對可愛妻子的請求，我也不好拒絕，所以就請你們繼續在這裡賣命了。雖然這處分很嚴厲，但懲罰就是懲罰。」

「……大老闆。」

大老闆兜了個圈子下達判決。達摩料理長雖然露出複雜的表情，最後又像是拿他沒轍似地嘆了口氣露出笑容。

「我明白了。那位鬼妻殿下賜予這麼嚴苛的處罰，我也只能接受了。小姑娘，下次就讓妳嘗嘗我們天神屋的宴席料理吧。」

「咦？免費嗎？」

「當然是招待的。哇哈哈，還真是精打細算啊。」

不，這對我來說很重要啊……

剛才沉默不語、慌張失措地滾來滾去的小不倒翁們，現在似乎鬆了口氣，不知何時又變回小男生的外型跪坐著。

「啊啊啊啊啊！」

總覺得一口氣解決了好多問題，終於能放心……不對。

我終於想起最重要的事情。

「對了！結婚紀念日的料理啊！」

我雙手捧著臉頰，大喊地問道。

「現在幾點了？時間應該還來得及吧？大老闆！」

「葵，妳在說什麼呢？先暫時靜養比較好。妳可能沒發現，妳因為發高燒而昏睡，到現在還是滿臉通紅……這次的事交給我，妳不需要多操心了，好好休息。」

大老闆站起身，一臉正經地將手放在我的肩上。

被他一說，我才察覺到自己真的在發燒。

被囚禁在那麼冷的地方，還渾身溼透，當然會發燒，畢竟我是人類啊。

「不行。」

然而我卻用力仰望著大老闆，拿下他放在我肩上的手。

「大老闆，要這麼寵我也得等到一切圓滿結束再說。」

他的雙眼緩緩瞪大，那一雙紅色的眼瞳讓我無法移開視線。

「也許現在的確來不及做原本擬定的菜色，但我還是要掌廚。難得夕顏接下慶祝宴這麼重要的委託，我必須盡全力才行……不然就失去在那裡開店的意義了，不是嗎？」

「……葵。」

大老闆看起來欲言又止，隨後閉口不語。

我已經開始構思菜單要怎麼調整，才能讓打亂的計畫重回軌道。這時，我總算注意到大廳裡的老舊時鐘。

已經過了下午兩點啊……我記得那對夫婦會在天神屋開門的時間，也就是傍晚六點來館，並在夕顏六點半開張後大駕光臨。

「紅酒燉牛肉已經來不及了。」

原本打算從醬汁熬起的紅酒燉牛肉已經來不及做了，那是我原本打算前一晚就開始準備的大菜。好不容易大老遠跑去東方大地弄到各種食材，結果這次大多都派不上用場，真不甘心啊。

不過，現在到底該替換些什麼菜色才好呢？也許因為心情焦急的關係，無論我怎麼絞盡腦汁，都想不出滿意的菜色。

「就……做葵小姐您平常做的菜不好嗎？」

此時，銀次先生突然呢喃了這麼一句。

「平常做的？」

「是的，我覺得葵小姐平日做的菜就行了。隨興、家常又吃得安心的料理……不是非要使用高級食材、耗時費工做出來的菜才會好吃。葵小姐的料理運用手邊材料，短時間內就能輕鬆上桌，但卻非常美味喔。」

也許正因為銀次先生總是在我身旁，給我的料理諸多建議，所以才會說出這番話來吧。真是一番充滿激勵的話語，我稍稍放下了心中的緊張感。

「啊啊，對了……說到這……」

大老闆也瞥往斜上方呢喃道。

「之前葵親手替我做的便當很好吃，甚至讓我感動到寫了一封信呢。」

「幹嘛啦，提什麼便當，跟現在又毫無相……關……」

說著說著，我猛然回想起來。大老闆說好吃的是那道東坡肉。

祕訣在於使用碳酸水，簡簡單單就能燉出軟嫩的東坡肉。

那道料理的確可以做為主菜，畢竟也是妖怪喜歡的醬油調味，鹹中帶甜。如果是用碳酸水來燉煮，時間勉強還算來得及。

「不過沒有豬五花肉呢，現在才準備的話……」

我手抵著下巴呢喃時，料理長開口了。

「妳用我們廚房的豬五花吧。」

「咦……可以嗎？」

「讓我幫這點小忙吧。如果還有其他需要的材料儘管說。只要我們廚房有，都能馬上準備給妳。我們天神屋的廚房還不至於缺這些東西。」

天啊，這番話實在太令人感激了。

「料理長……真的很謝謝你！」

我不假思索地握住他的手表達感謝。也許是因為心裡最大的一顆石頭已經放下，所以心情也飛上天。雖然燒還沒退，但我漸漸抓回了自己的節奏。

只要先敲定主菜，其他配菜的想法自然會浮現。

我考量著手邊現有的材料，從開胃菜一路構思到收尾的甜點，這麼一來，不足的部分也會越來越清晰。

「好，那我得盡快趕回去夕顏。」

沒有時間在這裡磨蹭，我趕緊跟料理長確認需要的材料，然後打算馬上回夕顏。

然而，就在踏出大廳之際，我用冷酷的眼神望向依然沉默跪坐在地上的實習達摩們。

「話說在前頭，我還沒原諒你們啊。人類跟妖怪不一樣，可沒堅強到被關在那種地方整整兩天還能沒事喔。」

「……」

「所以呢，我命令你們現在馬上前往後山，拿彈珠汽水跟溫泉蛋過來！」

我嚴厲地下達命令，並催促他們起身行動。

完全嚇破膽的實習達摩馬上站起身，卻不知怎地一直瞄向大老闆，遲遲不敢動作。

「不聽葵的命令，之後可有你們好受的。」

被大老闆這麼一告誡，他們總算發抖著出發。

「葵小姐，準備時間還夠嗎？」

在我倉促地走回夕顏的途中，同時也跟銀次先生確認各種事項。

「嗯嗯，雖然計畫全被打亂，不過我想以帶點西餐風格的日式料理為主。這次就不考慮氣派的大菜了，我打算做些平時的家常菜。」

「是，這樣應該就足夠了。」

「銀次先生，謝謝你。銀次先生的話對我來說是一劑強心針，老實說我剛才非常慌張。」

我邊走邊望向銀次先生跟他道謝。

他的表情露出些許驚訝，不過馬上垂下視線。

「不，是我不夠謹慎小心，害葵小姐遭遇那種危險……」

「說這什麼話呢，是我隨便亂跑啊，銀次先生一點錯也沒有。而且我聽說囉，逮到那群實習達摩的就是銀次先生對吧？」

「是的。因為我知道這次招待宴的事，讓廚房看我們很不順眼。不過您應該很害怕吧……竟然讓葵小姐……待在那種又暗又窄的狹小空間裡，還餓著肚子……」

「……銀次先生？」

「沒事……」

他用手掩嘴敷衍過去，繼續說道。

「妖怪很擅長待在黑暗的地方，對寒冷與飢餓的忍耐力也高於人類。即使不吃不喝，也能活上一個月。」

「咦，是喔？竟然這麼強壯……某方面來說很可怕耶。」

「是的。不過為了補充靈力，一般來說還是每天固定進食為佳。靈力不足時比什麼都痛苦，還可能丟掉性命。」

「哇！」

所以那些在現世曾企圖吃掉我的妖怪們，果然是為了補充靈力才那麼做的嗎？聽說我做的菜有大幅恢復靈力的效果，現在才知道這對妖怪來說真的很重要。

「實習達摩他們還年輕，恐怕不清楚人類是這麼脆弱的生物吧。話雖如此，這種行為依然不可原諒。他們大概會被關上一陣子禁閉，但這樣也不足以稱得上是懲罰……」

「反正那三個傢伙這陣子都要當我的僕人啦，我會好好奴役他們的。」

「葵小姐真是堅強呢。」

銀次先生終於露出笑容，這次的事似乎讓他非常擔心。

莫名覺得罪惡感好沉重啊。我總是受他那麼多照顧，卻害他這樣子……

「葵小姐，回到夕顏之後，您最好先吃點什麼比較好唷。反正從廚房調五花肉過來應該也需要一段時間。」

「也對……雖然吃了銅鑼燒墊墊胃，但果然還是很餓呢。」

我想著該做什麼來吃才好，踏入夕顏時，發現了意想不到的東西。

放食材用的廚房檯面上擺著盤子，盤內裝了形狀不一的飯糰，還有切片的醃蘿蔔跟魚板。

「啊，那些是阿涼小姐捏的飯糰。因為不知道能不能用這裡的飯鍋煮飯，她就拿剩下的冷凍飯加熱後捏了飯糰。」

還留在夕顏的春日，一派自然地告訴我。我露出奇怪的表情，東張西望看著店內。

「阿涼已經走了？」

「嗯，阿涼小姐已經上工囉。啊，不過魚板是我帶過來的，是天神屋土產店賣的東西。他們把快過期的給我，我本來打算當點心吃掉，不過送給妳吧。」

「……妳們這是幹嘛啦。」

我的表情漸漸和緩下來。阿涼跟春日不同於以往的貼心舉動，讓我感到有點開心。

對現在的我而言，這些奇形怪狀的飯糰跟保存期限將近的魚板，看起來都是美味佳餚，馬上便抓起來吃。

飢餓是最棒的調味料，飯糰與魚板美味得令我停不下來。

「那我也差不多該去工作啦。我相信小葵一定能完成今天的招待宴，東西有剩的話，我會過來吃宵夜喔。」

「嗯嗯……我會多做一點。」

拿著飯糰、嘴巴嚼個不停的我目送春日離去。魚板、醃蘿蔔和鹽味飯糰，真是最佳組合。

「哎呀，如此自我的那兩位……竟然不求回報地替人著想……」

對於阿涼跟春日這番舉動，銀次先生比我還驚訝，甚至如此呢喃著。

應該說，就連從他眼中看來，也覺得她們很活在自己的世界裡嗎？我還以為妖怪普遍都是那種性格。

「好，吃飽了！」

短時間內迅速把肚子填得飽飽的，我「啪」一聲拍響雙手。

這是切換到工作模式的信號，我尋找著自己的圍裙。

洗完手後，把食材排在料理檯上。

必須馬上開始料理才行，時間所剩不多了。

在我乾烤著蔥絲時，拜託料理長調度的食材送到店裡了。

我馬上著手準備紅燒東坡肉。

首先，在熱過的平底鍋內擺上切成三公分寬的豬五花肉塊，將每一面煎到焦黃。大多數肉類只要煎過就能有不錯的賣相，不過東坡肉的關鍵在於接下來的步驟。將煎好的豬肉擺入鍋中，上頭再鋪上剛才烤過的蔥絲，這是為了去除豬肉的腥味，更襯托出美味。

接下來把醬油、蒜頭、薑等調味料加入鍋中，豪邁地大量倒入實習達摩們去後山扛回來的碳酸水。滋滋作響的氣泡聲聽起來非常悅耳。

由於碳酸水帶甜味，就不需要另加砂糖調味了，但我還是加了一匙蜂蜜，這是個人的美味祕訣。這樣能營造出醇厚甘甜的風味，是妖怪的最愛。

再來，就是開中火一個勁兒燉煮入味而已，就是這麼簡單。

也有人會用可樂或啤酒來燉肉，要在短時間內將豬肉燉得軟爛，碳酸飲料果然是祕方。

接下來呢，主菜已經決定是東坡肉，還需要陪襯的配菜跟湯品。

主角既然是東坡肉，配菜應該清爽一點比較好。我想做些清涼又帶有夏日風情的蔬菜料理。

一道決定是梅子味噌美乃滋拌小黃瓜與秋葵。事前做好保存的美乃滋看來能派上用場。

由於希望料理能帶有日式風味，我將碎梅肉與味噌混合在一起。這道應該可以先做好放著。

另外一道決定做炸茄子佐白蘿蔔泥柑橘醋。

剛炸好起鍋的茄子拌上蘿蔔泥、紫蘇末與柑橘醋即可上桌。這道等客人光臨時再炸比較好，只是要記得先完成前置作業。
湯品則是南瓜搭配春季洋蔥煮成的味噌湯。
主食是單純的白米飯。用夕顏的飯鍋煮出來的白飯本身就是無敵的，再配上醃漬的高菜。
飯後甜點則是加了白玉湯圓的水果雞尾酒。
以上就是今天賀宴的菜色。全由簡單的家常菜加點變化而成。
為了不浪費時間，我把各種菜色區分成可以先做好放著的、客人上門再開始做的，以及需要先完成準備步驟的。
「……怎麼回事？好熱喔。」
這股燥熱似乎不全然是因為廚房的熱氣。
雖然我一直逞強撐著，但身體果然還沒完全恢復。
然而，我還是先繃緊神經站在廚房裡。
「葵小姐，客人到了！」
銀次先生從夕顏門口隔著吧檯跟我說。
我們兩個慌慌張張地整理好儀容，站在店門口迎接。
從門簾下方踏入店內的，是一對打扮充滿高雅品味的壯年夫妻。
「……」
我看傻了眼，因為這對夫婦散發的優雅氣息遠超乎我的想像。

不是因為他們身穿華麗的和服，也並非因為腰帶上華麗的裝飾帶與花朵飾品。

「噢，謝謝你們特地出來迎接。突然提出這般委託，十分感激貴店願意接受。」

一襲藍色和服造型的男性出聲打了招呼。他一頭墨綠色的長髮以布帶與繩飾綁起，外表散發滿滿的貴族氣質，想必這位一定就是縫陰大人。

「今天還請兩位多多指教。」

位於縫陰大人身後一步的距離，隨後踏入店內的是一位中年的美女，一襲接近白色的淡水藍色和服造型，搭配暗粉色絲帶，眼中流露溫柔的氣息。

這位就是他的太太，律子夫人嗎……？

夫人的外貌比想像中年輕多了。之前聽說是昭和初期出生的，不過怎麼看都只有五十幾歲。

「請、請多指教。」

「妳就是替薄荷僧先生準備便當的小姐嗎？」

律子夫人似乎對我很感興趣，果然是因為我們同為人類嗎？

「是的。我是津場木葵。」

我深深鞠躬致意。面對律子夫人散發的優雅氣質，不知怎地開始感到緊張。

「歡迎兩位今日蒞臨本店。誠摯感謝兩位在結婚紀念日這麼重要的日子，選擇在夕顏用餐慶祝。這邊請。」

銀次先生熟練地為這對夫婦帶位。

今天是他們的結婚紀念日，我想安排榻榻米的包廂，才能讓兩位一邊用餐一邊安靜地交談。

「真不錯呢，好棒啊。這裡就像隱密的小店一樣對吧，小律。」

「呵呵。的確是呢，縫大人。總覺得非常懷念。」

夫妻交談著。原來他們是用暱稱稱呼對方啊，感情真好。

我趕緊回到廚房，著手進行料理。外場交由銀次先生一手負責，我必須專注在料理上。

我將開胃菜梅子味噌美乃滋拌小黃瓜與秋葵裝進小碟子內，急急忙忙地端出去。

介紹菜餚之後，律子夫人闔起雙掌發出「哇……」的讚嘆，眼中閃耀著期待的光芒。

「縫大人、縫大人，她說是美乃滋涼拌料理唷。」

「啊啊，真的耶，好久沒嘗到了呢。」

他們之間的氣氛似乎很愉快。

「兩位知道美乃滋嗎？」

「是呀，不過沒嘗過幾次。在我還居住於現世的時代，美乃滋不是好入手的食材。因為當時正值戰爭……原料不足。對吧？縫大人。」

「的確如此。該不會現在已經隨手可得了吧？」

被縫陰大人如此問道，我便點頭回答「是」。

「在現世的日本，不管去哪裡都能以低廉價格入手的美乃滋，是每個家庭的常備調味料。由於在隱世不好買，所以我就自己做了。」

「哎呀，這美乃滋是妳親手做的？真厲害呢。」

「不會，只要有雞蛋、醋與食用油，其實做法意外地簡單。畢竟隱世的烹飪道具比現世還更方便好用。」

美乃滋的做法非常單純，把蛋黃、醋、鹽、胡椒攪拌均勻，一邊逐次少量加入沙拉油一邊攪拌，再來就是努力打勻……大概就這樣。雖然自己手打的美乃滋可能打不出濃稠的霜狀，不過隱世有便利的靈力調理機，是不會失手的。

律子夫人驚呼：「哎呀，此話當真？」連驚訝都優雅無比。同時，她又再次望向小碟子。

「那就馬上來嘗嘗吧。」

「哈哈，小律真是急性子的貪吃鬼。」

「哎呀，討厭啦。還不是縫大人帶我四處逛逛，說要讓肚子餓一點的嗎？」

「哈哈哈，的確玩得餓了呢。」

夫妻兩人用慢條斯理的口吻悠哉交談，散發落落大方的氛圍，看起來真是一對佳侶。

兩人說了聲「我開動了」，雙手合十後拿起筷子。

「……哇，太棒了，這美乃滋的滋味比我想得還要滑潤濃醇。呵呵呵，好像會上癮呢。」

馬上一口吃掉秋葵的律子夫人說道。她看著眼前的丈夫，問了句：「對吧，縫大人？」期待著對方的感想。我從剛才就覺得夫人的舉手投足以及對縫陰大人的說話語氣，實在都非常可愛。

「小黃瓜跟秋葵啊。這些綠油油又鮮脆的蔬菜，最適合在夏天享用，清涼暢快。再加上這美乃滋真是好東西，口味純樸卻又令人難忘，這道鮮蔬真是美味。美乃滋在隱世普及的速度非常緩慢，我想原因在於大家不願意嘗試新東西吧。」

縫陰大人咬著爽脆的小黃瓜後，說了這麼一番話。

這對佳侶雖然給人老夫老妻的感覺，但外貌又比想像中年輕，對話內容也充滿親密的暖意，我完全被他們的步調所感染，整個人也放空了起來。

啊啊，不行，我還有工作在身。我低頭致意後又回到廚房。

該來進行下一道料理。

主菜東坡肉已經熄火，現在鍋內放入溫泉蛋、白蘿蔔一起浸泡，先靜置在一旁入味。

接著，就是炸茄子了。把切成一口大小的茄子泡水去除澀味後撈起，徹底瀝乾水分。然後不裹粉，倒入熱好的芝麻油中油炸。

炸好起鍋後，上頭鋪上滿滿的白蘿蔔泥，搭配紫蘇末與柑桔醋一起享用。雖然是道簡單的料理，不過油炸後的茄子軟嫩甘甜，搭配白蘿蔔泥與柑桔醋更顯清爽，增添夏日風味。

這道就交給銀次先生幫忙端上桌，我得準備把東坡肉起鍋。

隔著吧檯，我看見夫婦倆在閑靜優雅的氣氛中不停交換著話語。下一道料理一上桌，兩人彷彿迫不及待似地一同拿起筷子。

怎麼說呢……總覺得真好啊……

雖然一個是妖怪一個是人類，但卻是一對感情和睦的佳侶，就連我看著看著都不禁露出笑容，羨慕了起來。最重要的是他們看起來好幸福。

「噢，手上的動作可不能停下來。」

再來就是東坡肉了。豬肉已染上美味的醬油色，我從鍋裡盛了一塊到小碗裡，用筷子刺刺看，結果肉塊便隨之化開。

「……嗯，肉質燉得軟嫩，甜度也恰到好處呢。」

我嘗了一口試試味道，一邊點頭認可。

使用碳酸水才得以在有限的時間內徹底燉煮入味，五花肉Q彈的肥肉部分已經逼出油脂，少了令人厭惡的油膩感。碳酸水的甜味與醬油完美交融在一起，充分燉進肉塊裡。

一同泡在鍋中的雞蛋也呈現美味的咖啡色。這些蛋是我叫實習達摩去後山的水煮蛋溫泉拿回來的。這次使用的蛋是蛋白全熟、蛋黃半熟，把這些泡在燉東坡肉的鍋子裡入味，便成了有調味的糖心蛋。

用陶瓷容器盛了幾塊豬肉，旁邊擺上切對半的糖心蛋，再放上汆燙過的青江菜。

最後淋上一匙濃稠的甜鹹醬油醬汁，便大功告成。

上一道菜似乎已經享用完畢，我趕緊將東坡肉端到包廂。

縫陰大人與律子夫人因為小酌了兩杯，心情看起來正佳，聊得十分起勁。律子夫人說起話來語氣穩重又高雅，但意外似乎是個喜歡說話的人。

看夫婦倆的互動，似乎是滿臉笑容的律子夫人興高采烈地滔滔不絕，而縫陰大人則扮演聆聽的角色。

嗯，這對賢伉儷的關係果然令人羨慕。

我將料理端上桌，律子夫人便以微微泛紅的笑臉看著我。

「兩位久等了。」

「好香的味道。葵小姐，妳做的料理太美味，讓我總覺得心情好得不得了，話匣子停不下來。抱歉呀，這麼吵鬧。」

「不會，才沒有這回事。」

「哈哈，小律的話匣子平常也沒關過呀。」

「哎唷，縫大人真討厭。呵呵。」

兩人的笑容讓我感到放心，我小心翼翼地將主菜端上餐桌，把最漂亮的角度轉向兩人正面。

「……咦？」

就在此刻——

這是怎麼了？剛才還愉悅地呵呵笑著的律子夫人，表情突然僵掉了，取而代之的是漸漸浮現的愕然神色。

我瞬間感到背脊發涼，心想該不會這道剛好是她不喜歡的菜吧。不祥的冷汗滑下臉頰。

律子夫人凝視著眼前的東坡肉陷入沉默，不一會兒拿起筷子劃開肉塊，嘗了一口。

縫陰大人似乎馬上察覺夫人臉上表情的轉變。他同樣不發一語地注視著眼前的料理，在夫人吃了一口後接著動了筷子。

「……呵呵。」

律子夫人發出微微的笑聲，手指壓著眼頭。果然她非常不喜歡這道菜啊！

「呃，那個……」

我心中的焦慮來到最高點。然而，律子夫人說出的話語卻出乎我的預料。

「真是懷念的味道呀……實在沒想到能在此處品嘗到東坡肉。」

她用袖口拭去淚水，做了一次深呼吸。

隨後，她滿面笑容地轉向滿身冷汗的我。

「也許妳聽說了，其實我出身自現世的長崎。長崎最有名的地方料理就是東坡肉，也就是紅燒燉煮豬肉。這在以前是高級的大菜，只能在特別的賀宴上吃到……呵呵，現在自己都成了一大把年紀的老奶奶，竟然還是會想念母親的滋味呢。總覺得好懷念而不小心掉下淚來，讓妳受驚真是抱歉。這實在太美味了。還請別介意。」

我光忙著搖頭，一句話也擠不出來。

原來啊。東坡肉原來是長崎的特色料理，我也曾在旅行時吃過包著東坡肉的刈包呢。

該不會大老闆連這點都考量到了，才若無其事地給我這番建議吧？

也許他認為，這是律子夫人記憶中的滋味。

「小律，這很好吃呢。」

「是呀，縫大人。自從來到隱世之後，為了克制自己的思鄉之情，我都盡量避開家鄉菜不吃……但果然還是很美味呢。呵呵，這也多虧葵小姐的手藝好吧。雖然味道跟從前在故鄉吃的有點不同，不過調味拿捏得恰到好處，不會太濃也不過鹹。呵呵，也許是我老了的關係吧。」

律子夫人的眼角還積著淚水，繼續享用東坡肉。

在這之後，夫婦倆似乎靜靜地享用這道主菜。途中律子夫人停止小酌，要求送上白飯。

本來想在最後再端上白飯的，不過還是趁東坡肉吃完前先送上桌，順便也將南瓜洋蔥味噌湯與醃高菜一起端了過去。

律子夫人也許不是把眼前的東坡肉當成結婚紀念日的酒席佳餚來享用，而是做為配著白飯一起吃的家常菜吧。律子夫人說，這是最奢侈的美味吃法了。

的確，我也認為徹底燉煮入味的東坡肉搭配白飯是最棒的。以醬油為底的醬汁融入豬肉的甘甜與鮮美油脂，跟白飯一起享用更是一絕。

每當我將料理端上桌，律子夫人總會對著我說「好好吃」、「好好吃」。

她真的十分率真大方又平易近人。

「……接下來就是甜點，差不多得開始準備。」

我回到廚房，按照計畫開始著手準備加了白玉湯圓的水果雞尾酒。

我準備了兩種口味的白玉湯圓，一種是豆腐蜂蜜，另一種則是巧克力。

一般來說，白玉湯圓是用白玉粉加水揉成的，不過只要加上一點變化，就能做出新鮮的口味。第一種豆腐蜂蜜口味，如同字面意思是把豆腐與蜂蜜加入白玉粉內。第二種巧克力口味，則是把巧克力隔水加熱，融化後再加進白玉粉裡頭。

把粉揉成麵團後滾成棒狀，從邊緣開始切成小塊，滾成圓球狀後放入滾水裡煮熟。豆腐蜂蜜口味的白玉湯圓煮好後，呈現圓滾滾的光滑狀，而巧克力口味也如預期般成了巧克力色的糰子。光是這樣似乎就能完成一道美味甜點。接著把白玉湯圓泡入冷水中冰鎮，以增添Q彈口感。

在冰鎮的同時，我把水果切塊。

我準備的水果有夏蜜柑、枇杷與西瓜。當季的水果水分飽滿，色調也很美。

將水果裝入妖都切割的清涼感小碗內，上頭均勻擺上兩種白玉湯圓，倒入碳酸水後便完成一道清涼爽口、份量感十足的水果雞尾酒。

滋滋作響的氣泡聲讓人感受到一股夏日的暢快氣息，再搭配色彩繽紛的水果，以現世的口吻來形容，就是搖身一變成為充滿復古風情的可愛甜點。

由於水果並沒有用糖漿醃漬過，呈現最天然的酸甜口味，而白玉湯圓則做得偏甜，就此完成一道帶著優雅和風的甜品。

「兩位久等了。」

客人剛好吃得差不多了，我便把水果雞尾酒端上桌。

「哎呀，這實在好漂亮，簡直像寶石一樣……對吧？縫大人。」

「哇，真的呢。看起來清爽又繽紛，這究竟是什麼呢？」

兩個人看起來格外地雀躍，湊近凝視著水果雞尾酒。

這道甜品確實賣相佳，看起來很新奇。妖都切割出產的玻璃碗，上頭的花紋宛若閃閃發光的萬花筒，更讓裡頭色彩繽紛的水果與纏繞而上的氣泡折射出美麗的光芒。

不知怎地，就連我看著看著，眼底也因這閃爍的光芒而灼熱起來。

「這道是水果雞尾酒……在碳酸水裡頭加入水果與白玉湯圓……湯圓的Q彈口感搭配當季的水果，跟碳酸水的氣泡口感意外地非常搭調……」

我邊說邊想，眼前忽明忽滅的光芒是來自自己的視線嗎？

「這是……最後……一道料理……了……」

喘不過氣的我斷斷續續吐出這句話。灼熱感退去的雙頰開始發冷，冷汗滑過額頭。

我深深低頭致意後，踩著搖搖晃晃的步伐急忙回到廚房。

「葵小姐，葵小姐，您還好嗎？身子很不舒服吧？」

銀次先生隨後跟了過來，原來他也察覺到我的不適。

雖然很想回他「我沒事」卻發不出聲，總覺得眼前景象就像萬花筒，簡直跟妖都切割的碗底紋路一樣。

閃爍的光芒旋轉個不停。啊啊，原來是我頭暈目眩。

全身緊繃的神經瞬間一口氣放鬆，我就這樣猛然往後倒下。幾乎快昏厥的我似乎被銀次先生一把拉過了手，但雙腳還是癱軟而下。

「葵小姐！葵小姐，請您振作點！」

耳邊響著銀次先生逐漸遠去的呼喚聲，我失去了意識。

一陣不明所以的劇烈頭疼，讓腦袋停止運轉。

插曲【三】

「葵很努力了呢。」

大老闆坐在發高燒而昏倒的葵小姐身旁，撥開黏在她雙頰上的髮絲。

「非常抱歉，大老闆，有我隨行還發生這種意外。」

「今天的你嘴上只有這句話呢，銀次。是我命令你照顧這個老是胡來的小姑娘，這次也算順利告終了……你別太放在心上。」

退居後方待命的我——小老闆銀次，只是垂著雙耳與九尾，跪拜在地。

「葵一直很感謝你，若過於責備你，她又要垂頭喪氣了……這種結果我可不樂見。好了，銀次，把頭抬起來。」

大老闆將八角金盤扇放在未婚妻的枕邊，那是天狗松葉大人送給葵小姐的禮物，後來大老闆從實習達摩手中拿了回來。

「這樣真的好嗎？大老闆。」

「……你說哪件事？」

「廚房的實習達摩們雖然受到暫時閉門自省的懲罰，但……我跟料理長的處分還沒下來。讓葵小姐受到那番傷害與煎熬，我們也有責任。若不追究，這樣的懲處方式未免太輕了。如果不比照阿涼小姐那時候的處分，是無法為天神屋其他員工立下榜樣的。畢竟對葵小姐有所覬覦之輩，館內館外多得是……這樣難道不會助長他們的氣燄嗎？」

「……」

大老闆不發一語地聽我說完。

「這次跟阿涼的事不可相提並論，下手的並不是你們吧。」

「可、可是……」

「不過等白夜回來之後，大概又會說這樣處理太輕縱，也許會扣幾個月的薪水以做為你們監督不周的懲罰就是了。哈哈，你先有所覺悟比較好喔。」

「……這種程度的懲戒，我虛心接受。」

此刻我臉上的表情想必複雜得難以形容吧。

彼此間持續了短暫的沉默。

只聽見葵小姐熟睡時所發出的呼吸聲。雖然還在發燒，不過看她的樣子似乎已經穩定下來。天神屋的常駐醫師也說只要睡飽就能恢復。

「銀次，依你所見，覺得葵是個怎樣的姑娘？」

大老闆突然拋出這個問題。我抬起低垂的視線。

我思考了一會兒大老闆的問題：葵小姐是個怎麼樣的人？

「她……是一位很了不起的小姐，無庸置疑是史郎殿下的孫女。妖王家的夫婦這次的用餐也十分盡興……滿懷感激得甚至落淚。」

律子夫人說過，葵所做的東坡肉讓她思念起再也回不去的家鄉。

「葵小姐的料理能打破妖怪與人的心防。面對那股溫柔的滋味，妖怪會不自覺地敞開自己的心，讓食材與她的靈力確實穿透五臟六腑，療癒身心……葵小姐與妖怪拉近距離的方法，並不像硬闖的史郎殿下那般粗暴又刺激，而是給人非常舒服的感覺。」

我細細呢喃著。說著的同時，我也重新意識到自己的想法。

大老闆瞥向我，摸著下巴深思。

「你認為這次對葵有所企圖的，真的只有實習達摩那幫人嗎？」

面對這個問題，我堅定地搖頭回答「不」。

「在東方大地我會跟丟葵小姐，主要是因為我的行動受到束縛而無法動彈，而葵小姐一瞬間就自我的視線範圍內消失。那應該是縛身術與神隱術沒錯……那種高等的妖術，不是實習達摩們能使出來的。」

我闡述著自己的見解，而大老闆再度咕噥道：

「嗯……也是呢。銀次，畢竟連你這種高等妖怪都中了對方的妖術，我可以想像對方應該來頭不小。」

「這次的事件背後，究竟藏著什麼陰謀呢？」

據聞，實習達摩們自掏腰包前往東方大地，為的當然是囚禁葵小姐。然而，在他們遲遲未找到人之際，卻在路邊的後巷裡發現她。

葵小姐暈倒在路邊，彷彿被誰刻意安置在那裡。而他們說那個漏水的老舊地窖，也是透過不認識的妖怪介紹才得知。他們似乎不知道那是具有冷藏功能的冰窖。

想必一定有誰暗中幫助實習達摩們的幼稚計畫，雖然他們根本毫不知情。

「之前……在中庭襲擊葵小姐的犯人們，會不會也跟這次事件有關呢？」

「這個可能性似乎很高。是我們館內的人嗎？還是更上頭的呢……」

大老闆自言自語似地呢喃著。

「會是八葉嗎……還是更上頭的呢……」

隱世的深夜持續著喧囂。大老闆探究著這次事件的幕後黑手，未知的敵人。

別館外頭今天也傳來不絕於耳的慶典樂聲。

「唔～」

在這樣的氣氛中，一聲奇妙的呻吟從葵小姐躺著的被窩裡傳出。伴隨窸窸窣窣的聲響，有什麼東西跑了出來——是葵小姐從現世帶回來的眷屬，手鞠河童。

「哦，原來你躲在這裡呀。」

大老闆叫住手鞠河童。河童一屁股坐在地板上，注視著葵小姐。

「葵小姐還沒起來嗎？」

「……馬上就會醒了，你再等一會兒。」

「葵小姐真的會平安醒過來嗎？人類很容易就喪命滴，我在現世見得可多惹。」

「是啊。對呢，也許你比我們更了解人類的事情。」

手鞠河童動著嘴，發出嘎吱嘎吱的聲響，輕輕地搖著葵小姐。不過他馬上就停下動作，又再度凝視著她。

「你是不是肚子餓啦？要吃點什麼嗎？」

「……嗯……我要等葵小姐醒來。」

「哈哈，這樣啊。沒想到你意外地挺忠心的。」

大老闆只微微一笑，隨後再次凝視著葵小姐的臉龐。

他用手背溫柔地撥開葵小姐的瀏海，輕輕地覆上她的頭撫摸著，深怕自己的指甲會刮傷她。

「能快點恢復精神就好了……」

隨後他緩緩站起身，沒發出任何聲響，套上自己的外褂。

上頭的天字圓紋氣派地搖晃。大老闆是否已對敵人的身分有一定的了解了？因為他那雙紅瞳現在充滿冰冷的血色，一如他的鬼神之名。

大老闆離去後，房間再度回歸一片寂靜，剩下的只有葵小姐的呼吸聲。

「……那是……」

突然，我發現旁邊化妝檯上擺著一張白色能面，不禁伸手拿起來。

「為何這東西會出現在此……」

「啊～那是貉妖先生忘記帶走的東西。」

「是薄荷僧先生嗎？」

手鞠河童點了點頭，順起自己腳上的蹼。

我撫著光滑的白色面具，凝視了一會兒。

「這樣啊……不知道葵小姐是否知道這面具來自哪兒呢？」

這是南方大地特產的面具，對我來說是再熟悉不過的東西。

第九話 妖怪們與七夕祭

好熟悉的味道，是黃昏特有的氣味。

格子窗外能望見淡淡的橘色天空。

「……」

剛清醒時，腦袋與意識還模模糊糊的，完全不明白自己為什麼睡著了，現在又是幾點。

我在床被上半夢半醒的，心裡想再睡一會兒，又覺得繼續睡下去會不太舒服，感覺有點飄飄然，而且喉嚨好渴。

「葵小姐，您醒來了呀。」

「咦……銀次先生？」

聽到呼喚，我才發現銀次先生就在身旁，不知為何是小狐狸的外型。

「我……呃、啊啊啊啊啊！」

我想起來了。我應該正在為那對夫妻掌廚才對。

但途中就喪失記憶！

「我、我該不會搞砸了？是不是沒上完所有菜……」

一口氣被拉回現實的我，內心騷動不安。
我抱著頭想努力找回記憶，卻完全沒有收穫。
把東坡肉端上桌，結果律子夫人哭了……然後……呃……
「請您冷靜點，葵小姐，一切都非常圓滿。」
銀次先生將前腳放上我的膝蓋。
「葵小姐，您端甜點上桌後馬上在廚房昏了過去。您是否太逞強了呢？我想您一定很辛苦，真是……」
「……銀次先生。這樣啊，原來我在廚房昏倒啦。」
記憶緩緩地復甦。在我送上最後的甜點之後，努力靠僅剩的一絲意識走回廚房，然後就在銀次先生的攙扶下昏了過去。
我抱起變成小狐狸的銀次先生，將他放在自己的膝上，撫摸著那身美麗的銀色毛皮。
該不會銀次先生一直待在這陪我吧……
「那對夫婦非常開心。尤其是律子夫人，她說還想跟葵小姐您再多聊聊呢。」
銀次先生從床被上跳了下來，「砰」的一聲伴隨著煙霧變回往常的青年模樣。他在我身旁正坐著，將手覆上我的額頭。
「燒似乎已經退了。」
「我已經沒事啦。我都是這樣，發燒只要睡個一天就康復。雖然跟妖怪比起來身體脆弱了點，但我想自己在人類裡算是強壯的唷。」

我精神奕奕地試著站起身子，不過肚子馬上發出「咕嚕」的叫聲。

「啊啊啊……又來了。」

我按著肚子滿臉羞紅，最近老是出這種糗。

銀次先生雖然有點驚訝，不過馬上撇過頭去輕笑出聲。

「這也理所當然，您從昨晚就昏睡到現在呀……那麼我去外頭等您。」

他馬上站起身，快速離開房內。

突然瞥見鏡子裡的我，才發現自己一身邋遢樣。頭髮亂翹成誇張的角度，身上和服也歪七扭八。這實在太糗了。身為一個黃花閨女，不能見人的樣子都被看光光了。

「葵小姐，您起來啦～？」

床被裡頭一陣蠕動，從裡面滾出來的是手鞠河童小不點。看來他跟我同床共眠。

「哎呀，原來你在這裡。」

「葵小姐的睡相太差惹，我差點被壓死惹。」

「咦，有差成這樣嗎？」

「您因為發燒而熱昏頭，一直跑出棉被外，是那位狐狸先生拚命把葵小姐塞回棉被裡滴。」

「咦？不會吧？」

看這副邋遢樣也知道自己的睡相究竟有多誇張，只是沒想到竟然還給銀次先生添了麻煩，我羞愧得快死了。

「葵小姐一直不起床，我快要餓死啦。」

「啊，你可以自己隨便去找點東西吃呀。冰箱裡有小黃瓜不是嗎？」

瞬間，小不點歪著頭，露出了非常訝異又困惑的表情。

「嗯……我一直在等葵小姐醒過來。」

小不點咬著自己小小的手指，眼神放空。這副模樣不同於平常刻意賣弄的可愛，莫名純粹得惹人憐。

「抱歉抱歉……我馬上做點東西給你唷。」

我捧起小不點，輕輕戳了他的臉頰，離開房間踏入廚房。

銀次先生似乎正對著料理檯上擺放的諸多食材發愁，不知該怎麼運用。這些是從異界珍味市集買回來的戰利品。

「啊啊，對耶，之前買了好多東西呢。紅酒燉牛肉的材料、麵粉、做咖哩用的調味料，還有其他雜七雜八的食材……不過這次沒機會派上用場。」

「怎麼這麼說呢？接下來可多得是大展身手的機會唷。保存期限短的東西我已經送給本館的廚房了，不過像調味料等還可以多加利用。」

「也是呢。我想嘗試的菜色多得很，而且還得構思新菜單。」

像是加了日式小菜的麵包，以及加入水果泥的甜咖哩等。

在我的想像中，迫不及待想在隱世推出這些菜色。能得到妖怪喜愛的創新料理，一定還有很多很多。

「啊，說到這……結果那孩子究竟是誰呢？」

事到如今我才猛然想起這個問題。面對我突如其來的疑問，銀次先生露出詫異的表情回問：

「那孩子是指？」

「座敷童子呀，金髮的女孩。」

「……金髮……？」

銀次先生的耳朵一顫。

「你還記得我之前曾說過，有個女孩跑來夕顏，結果你說那是座敷童子嗎？那女孩上次也出現在東方大地的港口唷。我好像受到她的吸引一般，才往十字路口衝了出去。」

結果最後被關進黑暗中，昏了過去。這件事我似乎還未對銀次先生他們提起。

在我說明事情經過的同時，銀次先生的表情逐漸染上越來越深的驚訝與困惑。

「……金髮的……座敷童子……」

他反覆念著這些字，臉上的表情變得嚴肅，手拄著下巴。

他是掌握到什麼線索了嗎？

「銀次先生，怎麼了嗎？該不會是你認識的人？」

「不是……抱歉，我只是想金髮的座敷童子還真稀奇呢。」

「……嗯？」

銀次先生的臉色瞬間一變，恢復往日的笑容。

但我總覺得他跟往常不太一樣。

時間來到當天夜晚。夕顏店裡洋溢著剛出爐的烤麵包香氣。

雖然今天沒辦法開門做生意，但我還是按捺不住烤了奶油麵包捲。畢竟材料就擺在眼前。

用烤窯烤出來的奶油麵包捲口感Q彈又蓬鬆柔軟，別有風味。

成品實在美味得令我驚訝，所以我一臉興奮地把麵包端給剛從別部門回來的銀次先生瞧瞧，隨後一同享用剛烤好的麵包，討論著這是否能運用在未來的新菜單中。

「打擾了，葵已經醒了嗎？」

就在此刻，意想不到的訪客登門——是白夜先生。我與銀次先生同時一震，停下正吃著麵包的動作，站起身向白夜先生行禮。

「會計長殿下，您回來了嗎？聽聞您代替大老闆出席八葉夜行會，辛苦了。」

「沒什麼大不了的。有找碴之輩上前說閒話時，我就跟對方話話當年，挖挖他們以前的舊瘡疤。如此一來，他們立刻安靜到驚人的地步，真有趣呢……呵呵。」

「……」

挖挖舊瘡疤究竟是……

白夜先生用隨身攜帶的摺扇掩口靜靜地笑著，坐上身旁的吧檯客席。

「我想說來慰問一下葵，所以過來了。身陷重大危機的妳卻還是完成了本次的餐宴。我跟縫陰殿下與律子夫人聊過了，兩位都非常盡興。葵，妳的料理大受好評唷。」

「謝……謝謝。」

那位白夜先生竟然在稱讚我。我心想這會不會是暴風雨前的寧靜，不禁順了順胸口。那對夫婦吃得開心，我也滿足了。

「他們會停留到七夕祭，律子夫人說還想再見妳一面，也許會再光臨也說不定。」

「……是。」

「總而言之，妳這次做得很好，不過似乎頗胡來呢。身體已經好點了嗎？」

「是的，已經徹底恢復精神了。明天開始我會繼續努力開門營業的。雖然夕顏還有很多進步的空間……」

我環視店內，這間夕顏正逐漸成為我的棲身之處。

克服這次的難關，一定也帶給我更多自信吧——我不禁這麼覺得。

白夜先生收起摺扇，僅揚起淺淺的笑容。

「這樣啊……很好，妳就好好努力吧。你們所擔憂的預算，也看在這次成功的分上，把縮減的方針修正為少許增加。」

「增加？」

意想不到的詞從白夜先生口中迸出來，令我跟銀次先生一同發出驚呼。

「這沒什麼好驚訝的。既然來客數增加，加上妖王家夫婦大駕光臨，也替你們鍍了一層金。下個月開始可以儘管放手去做。有了足夠的預算，應該還有很多法子可想……是吧？天神屋的招財狐。」

白夜先生這次將視線轉到銀次先生的身上。

銀次先生的雙眼微微瞪大了些，隨後換上凜然的認真表情，宣言：「是，我一定會讓這間店面成功的。」

「很好，努力吧。」

白夜先生站起身，打算馬上返回本館。

「請、請等等，白夜先生！」

我慌慌張張地喊住他，把剛出爐的奶油麵包捲全塞進鋪著大方巾的竹簍內。

「這些你拿去吧。」

然後，我將竹簍捧上前去，遞給被我叫住而佇立在門口的白夜先生。

「……這是什麼？」

「奶油麵包捲唷，剛烤好的。不嫌棄的話，那個……也拿去給『他們』吃吧。」

我悄悄對白夜先生如此說道，他的雙肩抖了一下。

所謂的「他們」，就是受白夜先生疼愛的那群管子貓。

我將竹簍硬推往白夜先生身上，他輸給我的氣勢，皺起眉頭往後退一步，最後還是放棄掙扎似地嘆了一口氣，隨後心不甘情不願地接了過去。

雖然從他臉上看不見一絲雀躍與喜悅，不過光是他願意收下我就很開心了。

這是我給他的謝禮。

然而，白夜先生的表情突然沉了下來。

「對了……小老闆，我在宮中見到『折尾屋』一行人唷。」

「……咦？」

現場氣氛頓時一變。我瞥見銀次先生露出僵硬的表情，讓我很訝異。

「也許這次的事件，折尾屋也有介入的可能吧。」

「……這……這樣子啊。嗯嗯，的確不無可能。」

白夜先生窺探著銀次先生的臉色。

我對於這一切狀況毫無頭緒。

白夜先生留下一句「告辭了」便踏出夕顏，快步走回會計部，手裡還捧著裝滿奶油麵包捲的竹簍。

「……銀次先生？」

我有點在意銀次先生的狀況，跟剛才討論金髮座敷童子時有些類似。平常總是從容穩重的他，從剛剛開始就有點心神不寧的感覺。到底是怎麼了？
然而銀次先生察覺到我不安的表情，立刻換上滿面笑容。
「話說回來，真是太好了。他說會增加預算呢！這次真是頗成功的創舉。」
「呃，對呀。的確……這樣一來，這家店就能繼續經營下去了。」
「當然，能做的事還多得很，明天開始也繼續加油吧，我也會竭盡所能幫忙的。」
「……謝謝你，銀次先生。」
「好，今後也請您多多指教囉，葵小姐。」
銀次先生以一如往常的態度伸出手，我認真注視著他的臉龐握了上去。他的手雖然冰涼，不過溫柔的反握力道讓我感到一股莫名的安心。
銀次先生真的很沉穩，是個溫柔又紳士、值得依靠的人。
但我還是無法忘記剛才他聽聞「折尾屋」三字時所露出的表情。
也許因為我在場，所以他才勉強自己擠出一如往常的笑容吧。
「……銀次先生，那個……」
「嗯？什麼事？」
「……沒什麼。」
雖然心裡有話想問，但我沒說出口。我不想讓銀次先生再度露出那樣的表情。
我一臉嚴肅地仰頭望向他。

「我說啊，銀次先生，如果有我可以幫上忙的地方，一定要告訴我喔。我曾說過只要是銀次先生的心願，我都會實現的，對吧？就是之前你替我做稻荷壽司的時候。」

「……葵小姐？」

「那句話可沒有半點虛假唷。」

我初來到隱世時，只有銀次先生溫柔對待我，還做了稻荷壽司給餓著肚子的我。銀次先生大概不知道，當時的我心裡有多麼感謝他，這份恩情我直到現在也沒忘。

銀次先生心裡一定懷抱著我不知道的祕密。

等我明白的那一天，若能助他一臂之力就好了。

銀次先生愣了一下，滿臉詫異地盯著我，然後突然露出微笑，放低視線回答「我明白了」。

好，這幾天各種狀況接踵而來，實在過得匆忙混亂。

今天又要重新展開我的日常生活。

——在這間替妖怪上菜的食堂做料理、工作還錢的奇妙生活。

時間來到幾天後。

這是在七夕祭開幕前日中午所發生的事。

午茶時間，我為了明天的活動於店內擺設裝飾用的矮竹時，投宿於天神屋的一名女房客光臨了夕顏。

「哇，真漂亮的竹枝。櫃檯大廳那兒也擺了很壯觀的竹枝裝飾耶，真期待明天的祭典。」

「謝謝……律子夫人？」

那位客人正是妖王家縫陰殿下的妻子，律子夫人。

我正站在梯子上掛著竹枝。櫃檯大廳那邊所準備的祈願籤與七夕裝飾都非常氣派，不過我們店裡預算拮据，就用摺紙代替……

「還沒到開店時間就來打擾，真抱歉呢。」

「不會，沒關係的！您好。」

我爬下梯子向她問好。

律子夫人今天臉上也綻放著優雅的微笑。

我帶她到吧檯客席，端上為明天所準備的笹餅與冰過的笹茶。

「哎呀，謝謝妳。」

「不會……前些日子真的非常抱歉，我沒能好好送客。這是我的一點歉意。」

我深深低頭賠罪，律子夫人卻搖搖頭說「才不會呢」。

「那麼勉強妳，我們才抱歉。在那之後我聽白夜先生說明了來龍去脈，所以我準備了個回禮，希望妳能收下。」

律子夫人遞給我一個以大方巾包著的禮物。

我滿頭疑問地攤開大方巾，裡頭是一只扁平的木盒。律子夫人催我打開瞧瞧，於是我便掀開盒蓋，裡頭放著非常美麗的薄布。

看起來半透明，質地非常輕盈……但怎麼看就是一塊布料。

這到底是什麼？絲巾？總覺得散發一股怡人香氣，就像焚香一樣。

「那是羽衣絲帶，妖都的上流階層以及宮中的女性，一定都會披戴在身上的飾品……」

「羽、羽衣？」

這麼一說，我才想到律子夫人身上也有類似的東西。

要說充滿七夕風情，還真是挺有感覺的，但價位應該高得驚人吧。

這東西感覺像是高官貴人的配件，給人非常優雅的感覺。

「呃，為什麼要把這送我呢？這麼高級的物品……」

「呵呵，妳別太在意，那是我用過的。」

「……嗯？」

律子夫人輕輕啜飲一口笹茶，瞇起雙眼。

「雖然新品也不錯，但這其實非常耐用，是能代代相傳的寶貝。羽衣經長時間使用後，色彩會更亮麗並累積極高的靈力，更突顯其價值。而且，一定得為它找到下一個繼承者……」

這番話我聽得一頭霧水。

律子夫人為什麼要把羽衣送給我？

連這東西究竟有什麼功用我都一無所知。

「但是我不能收下這麼昂貴的東西。賀宴的費用已經收了，我只負責掌廚……只要有客人願意品嘗，我就滿懷感激了。雖然最後沒能好好目送客人離開我就病倒了。」

律子夫人對著困惑的我突然露出笑容，搖了搖頭。

「不會。在我心中，妳是個非常出色的廚師，勾起我懷念的家鄉味。遇上那麼糟糕的狀況卻表現得若無其事，撐著發燒的身子努力堅持到倒下的前一秒……我呢，雖然是個年紀大妳不知多少的老奶奶，卻仍不禁覺得這樣的妳十分帥氣唷。沒錯，我非常佩服妳。」

「這實在……擔當不起。」

我變得扭扭捏捏，一被人稱讚我就覺得全身刺刺癢癢的。

我做的料理能讓對方吃得滿足，這點是非常開心沒錯，不過要說帥氣嘛，最後的我實在很難看啊。

而且，我總覺得律子夫人看起來完全不像老奶奶的年紀。

「我呀，從白夜先生那邊聽聞妳的身世，想起我以前嫁來隱世時的回憶。當時的我也無法適應宮中生活，過了好一段艱苦時光才熬過。妖都的宮廷啊，呵呵，再怎麼說都是個陰險的地方呢。因為人類的身分而性命遭覬覦之事也從沒少過……」

「啊，果然是這樣子。」

連在天神屋都有相同狀況，想必宮中一定更複雜吧。雖然是我擅自的想像，不過這麼多達官貴人聚集，感覺就是各種嫉妒與陰謀紛飛的是非之地。

「不過，律子夫人您究竟是為了什麼原因來到隱世呢？我聽白夜先生說，您跟縫陰大人是在現世認識的。」

「……」

律子夫人臉上保持著微笑，垂低了視線，手指撫著裝有冰涼笹茶的玻璃杯杯緣。淡茶色的水面，在悠閒的午後空氣中微微蕩漾著。

「當時的現世正逢戰爭，我失去了故鄉與家人，無處可去……」

律子夫人開始說起自己在現世經歷過的故事。

她出身長崎，家裡經濟狀況富裕，無憂無慮地長大成人後，開始了離家就讀女校的生活。

「那時我就跟葵差不多大唷，是個女校的學生。縫陰大人則在我常去的書店擔任店員。」

「書店？縫陰大人嗎？」

「很有趣吧？隱世的王族在現世都會化為人形去工作。」

律子夫人以手掩嘴呵呵笑著，像是回憶起當年往事。

「縫陰大人跟我都很愛看書，在書店打過幾次招呼後，便討論起彼此喜歡的書籍與作家，漸漸開始聊天，後來就自然在一起了，沒錯……就是成為所謂的戀人。」

那時的律子夫人似乎真的把在現世邂逅的縫陰大人當成單純的人類，一個年紀比自己稍長的穩重青年。藉由「愛書」這個共通點，兩人之間牽起了線，產生交集。

順帶一提，據說他們都是那位入道和尚薄荷僧先生的忠實讀者。

「不過呢，縫陰大人某一天突然從我眼前消失了。不明所以的我既傷心又寂寞，心想他真是個浪子。雖然我倆之間的確沒有論及婚嫁，但我也不是那種愛玩的女人……對他是真心仰慕。」

「縫陰大人當時該不會是回來隱世了？」

「對，我後來才得知，他接到強制遣返隱世的命令。他好像是自己隨便溜出去，裝成那樣一個窮小子在現世生活。白夜先生從縫陰大人還小時便擔任他的教育訓練官，常為了他而被請出天神屋，派遣到現世抓人什麼的。呵呵呵，很好笑吧？縫陰大人雖然性格上是有些自由奔放之處，不過對白夜先生可沒轍的。」

「呃，哈哈哈。」

我不小心發出乾笑聲。

原來白夜先生與這對夫婦的關係是建立在這上面啊。

律子夫人用烏樟木製成的高級牙籤切開笹餅後送入口中。

「呵呵，真美味，這也是妳做的嗎？」

「……是，純手工做的，所以好像不夠細緻。」

「很有家常風味，非常棒喔。在宮裡端上桌的總是繁瑣費工的精緻菜色，常常讓我忘了單純又天然的美味為何物。」

律子夫人靜靜享用著笹餅。

喝了筵茶休息一會兒後，她繼續說下去：

「然後……當時的現世戰爭打得正激烈，某一天我失去故鄉與家人，在現世成了無依無靠的浮萍。我完全無法掌握狀況，也不知道接下來該何去何從……沒有人伸出援手……孤獨的我差點連活著的希望也喪失了……此時，縫陰大人再次出現在我面前，這次是以妖怪的姿態。」

「妖怪的姿態？」

「是呀……然後他說要娶我為妻，就把我強行帶往隱世。他說要一輩子好好疼惜我，求我一定要嫁給他。」

律子夫人笑著說，她當時真的完全搞不清楚狀況。

然而她在現世無家可歸，也無親無故，於是便答應嫁給縫陰大人。

「我呀，其實非常高興喔，很高興縫陰大人來迎接失去一切的我。他不顧隱世人的反對聲音，發下豪語要娶我為妻……那位大人是我的救贖。」

「……」

「我當時想，即使縫陰大人的身分是妖怪我也不在意。直到現在我依然是這麼想的……呵呵，總覺得都一把年紀了還講這種炫耀恩愛似的話，很不好意思呢，抱歉。」

「不會，沒這回事。」

我大力地搖頭。這番話不知為何讓我感到胸口一陣揪痛。我察覺到一些重要的道理。

「所以……那個，律子夫人您對於離開現世、嫁來這裡不感到後悔嗎？」

「完全不。的確，宮裡是非常複雜的地方，有許多辛苦的事，讓我常常掉眼淚。只不過很幸運地，我也擁有許多支持我的後盾，尤其縫陰大人永遠是我最大的支柱……那位大人至今仍遵守著當初的約定。」

「……約定。」

這是人類與妖怪之間構築關係的重要關鍵，我很清楚這一點。

「妳不覺得縫陰大人的外貌看起來跟我年齡相仿，很不可思議嗎？」

「呃，是，老實說有點驚訝。」

「呵呵，那是他故意變成那樣的。妖怪與人類的壽命長度本來就不同，但是他為了不讓我自卑，便讓自己的外貌年齡配合我，說是希望能用同樣的步調一起活下去。雖然，我一定會比他早離開這個世界吧……」

這是妖怪與人類共結連理時一定得面臨的問題——律子夫人說道。

聽得實在太難過了，我按著胸口，感受到加速的心跳。

「不過呢，人類待在隱世，也能稍微變得長壽一點唷，這件事妳知道嗎？葵小姐。」

「咦？不，我完全不知道。」

「我的臉看起來是不是比實際年齡還年輕一點呢？」

律子夫人用手指戳著自己的臉頰，以淘氣的模樣問我。

的確，出生於二戰前的她，外表看起來卻只有五十幾歲，頭髮也還亮麗烏黑。實際上，她的年輕外貌甚至讓我認為，假若自己的母親還在，也許差不多就是這副模樣吧。

「是，老實說這件事也讓我有點吃驚。總覺得很失禮，不好意思。」

「呵呵，無妨，我也認為自己真是愛裝年輕呀。據說這全是因為隱世的食物之中含有妖的成分，也能稱為靈力。只要持續攝取隱世的食物，即便是人類也會漸漸擁有妖怪的體質。」

「咦，咦咦咦咦咦咦？」

錯愕的我往後退了一步。

這件事誰也沒提過，沒有人告訴過我。

截至目前為止，我已經吃了不少這裡的東西耶！

「好了好了，不必如此訝異。我認為這不是壞事呀。身為人類這件事是無庸置疑的，只是會稍微延緩老化、增長壽命而已，跟真正的妖怪還是完全無法相比。」

「……」

「哎呀呀，整個人僵掉啦。該不會這裡的大老闆沒把這件事告訴妳這位年輕的鬼妻吧？」

「嗯，完全沒聽說過呢。」

我藏不住驚訝。也沒特別生氣，只是單純很訝異。

下次向大老闆問個仔細好了。

「呃，話說，律子夫人，我還沒有決定要嫁給大老闆啦……」

總覺得對方好像已經認定我要嫁過去了，所以我慌慌張張地試圖否認。律子夫人卻只露出帶著祝福的微笑。

「對喔，妳是那個津場木史郎的孫女，做為債務的擔保品而被迫嫁入天神屋的……」

「您知道爺爺嗎？」

「當然。雖然不曾實際見過面，不過他可是有名的大人物。我的愛書裡頭也不乏以津場木史郎為角色雛形所寫成的作品唷。某方面來說，他是個傳奇。」

「噢，哇……」

爺爺似乎已經成為傳說中的人類了。從隱世居民的角度來看，是不是真的覺得他很像來自異世界的恐怖大魔王啊？

「不過呢，葵小姐……妖怪的個性非常死心眼，絕對不會忘掉締結過的約定。」

「……咦？」

「再說呢，現在無法下定決心，未來的路也不會明確。所以說，這就是有備無患的道理。」

律子夫人直直站起身，接過我一直抱在手裡的羽衣，將其繞上我的身體，像把我裹住一般。

一陣優雅的焚香香氣輕飄飄地包覆著我。

「這羽衣我已經用不到了，所以送給妳。這也是一位來自人間的夫人送給我的，也就是說，這是嫁來隱世的人類姑娘代代相傳之物。未來妳成為大妖怪之妻，必須在諸多場合拋頭露面對吧，屆時請務必小心應對，別讓懷有惡意的妖怪有機可乘。」

「……律子夫人？」

「這羽衣多少能掩飾人類壓倒性的弱勢吧。雖然是老人家的戲言，但請務必當作告誡。」

「……告誡。」

律子夫人的表情非常嚴肅，總是溫和的口吻也變得較為強烈。

恐怕因為這是非常重要的一件事。

我撫摸收到的羽衣，雖然面料輕薄透光，但深色的色調之中讓我感受到一股長年累月傳承下來的份量。

律子夫人成為妖怪的妻子。

也許我有必要深思她將這託付給我的意義為何。

「謝謝您，這羽衣我就收下了。」

「嗯嗯，未來請務必多多利用。」

「不過，給我用實在很糟蹋呢，雖然說人要衣裝、佛要金裝……但總覺得這不太適合我。」

「哎呀，哪有這回事，我認為跟妳非常搭唷，而且這羽衣是如此美麗。請過來一下。」

律子夫人拉著我的手，牽我走出夕顏。

今天是個好天氣，陽光耀眼，即將迎接夏天來臨的中庭洋溢著一片明亮的翠綠，近在一旁的柳樹上也能聽見激烈的蟬鳴。

「……哇……」

我身上纏繞的羽衣，在接觸陽光與新鮮空氣之後，泛出七彩的顏色。

薄透至極的絲料每被微風輕拂過一次，便換上一次新的色彩，真的就像仙女身上的羽衣。

「這稱為七星羽衣。有傳聞說，高天原的女神大人是穿著這件羽衣降臨隱世的。羽衣會隨季節變換不同色調，嶄露出和煦的春色、明媚的夏色、溫淑的秋色、寧靜的冬色……」

隨風飄逸的羽衣確實讓人感受到一股顏色，那帶著強而有力的生命脈動。

「啊啊，果然夏天的色澤很棒呢。我呀，最喜歡的就是七星接近這時節所散發的顏色唷。」

律子小姐一臉看得入迷，撫摸著隨風舞動的羽衣。

「確實非常美麗。今天明明有點熱，現在我卻感到一陣清涼。」

「是呀，隱世的羽衣很便利，還有調節體溫的功能唷。」

「是喔？那夏天就涼快了耶。」

「……」

「律子夫人？」

律子夫人緩緩將視線從羽衣上挪開，抬頭望向天空。過於湛藍的晴空，彷彿在等候積雨雲的登場。

一陣溫熱的強風吹過，七星羽衣飄揚在我與律子夫人之間。

隔著羽衣，我看見她那縹緲的神情，彷彿即將消逝而去一般。

那眼神與其說是悲戚，倒不如說像是澄透之中，又沉浸於無盡的感傷一樣，好像在懷想著自己告別的遙遠彼方。

那表情代表的是悲傷還是寂寞？是懷念還是欣喜呢？

對當時的我來說，其實完全沒能摸透她真正的心情。

我想律子夫人與她的丈夫縫陰大人之間，一定存在一些重要的往昔與情意，交織出所謂的故事吧，而這些也只有一路守護著兩人的白夜先生才明白。

嫁來隱世的每一位人類新娘，身上都帶著不同的故事。

我收下的羽衣，想必一路以來傳承了這些嫁為妖怪妻子的新娘們，心中那複雜又充滿愛戀的心情。

我們再次回到夕顏店內聊了許多。

律子夫人談到她有五個兒子、宮中的許多麻煩事、白夜先生的嘮叨，與縫陰大人的趣事。

而我則說了現代的現世長什麼樣子、自己來到這裡的經過、在這短短幾個月之間接連發生的大小事，以及認識了一些怎麼樣的妖怪。

聊天內容充滿了安心與懷念的感覺，好像在跟許久未見的好姊妹閒話家常。我十分憧憬律子夫人的優雅氣質與姿態，邀請她一定要再來夕顏玩。

律子夫人則說了會再過來享用美食後，便離開店內。

下一次見面時，該招待她什麼料理好呢？

我從離別的此刻便開始期待了。

隔日舉行的七夕祭，似乎是整片鬼門大地一起共襄盛舉的一大活動。

話雖如此，我卻忙著在夕顏張羅料理，而沒機會享受熱鬧的慶典。原因在於今天銀次先生為了別的企畫而忙得分身乏術，所以除了尖峰時刻以外的時段，我必須一個人顧店。

店裡的菜單也配合七夕而提供了麵線套餐。

麵線在隱世這裡似乎已是大家熟悉的食物，妖怪們特別喜歡在七夕享用，來到夕顏的客人大多也都點了麵線套餐。

這天出門逛銀天街的客人格外多，夕顏店裡的生意也不錯，雖然不如以前大排長龍的程度，不過我還是忙得焦頭爛額，拚了命地在熱氣蒸騰的廚房裡做菜。

「我吃飽了，謝謝招待。」

聽到這句話，我鬆了一口氣。最後一位客人結完帳，鑽過門簾離開夕顏。

我長長嘆了一口氣。

啊啊，今天也順利結束了，好熱啊——我這麼想著。

「天上的銀河竟然能看得這麼清楚……好漂亮……」

結束善後工作後，我從房間的外廊眺望著天空。

隱世的夜空在我眼裡與現世的沒什麼差別，星座排列也相同。

實際上究竟如何呢？不過我覺得這裡的星星特別亮，夜空好像離自己更近。

掛在外廊上的風鈴時而響起清脆的聲響，令人覺得非常舒服。

機會難得，我打算邊欣賞滿天星斗邊享受風鈴的音色，同時把剩下的麵線解決掉。

「唷，葵。」

就在此時，大老闆翩然到訪，他在外廊坐了下來。

「啊，大老闆，有什麼事嗎？」

「沒事，只是想看看妳的臉。」

「嗯～今天是七夕祭沒錯吧？天神屋上上下下看起來忙翻天，大老闆卻偷閒，這樣好嗎？」

「真嚴苛啊，何必這樣？不用擔心，七夕祭已經差不多進入尾聲，天神屋的所有企畫都順利告終。剩下的要務就是……這個嘛，一邊目送銀河，一邊享受麵線。我的七夕這樣才算完整唷。」

「什麼嘛，我這裡只有剩菜喔。」

「那就足夠了。」

大老闆的心情似乎不錯，似乎還小酌了一番。

身為大老闆，在這種大日子應該要到處露臉吧，總覺得他看起來似乎有點疲憊，於是我不甘願地去拿了坐墊過來——我的和大老闆的。

「你在這等會兒，我這就去燙一下麵線。」

大老闆不知道是否有聽見我的吩咐，坐在外廊仰望著星空。

我馬上回到廚房開始準備麵線。用熱水燙過麵線後，倒入妖都切割的大碗中以冰水冰鎮。就是這麼簡單，麵線成了清涼的銀河。

再將秋葵、小黃瓜、紫蘇葉、蘘荷與蛋絲等必備的配料裝在別的盤子裡，放上以食火雞雞胸肉做成、用模具壓成星星形狀的清淡口味叉燒……沒了，我只好擺上壓完形剩下的邊緣肉屑。星形叉燒肉頗受客人的好評呢。

由於都是剩下的食材，所以大小有點不一，不過沒差啦。

「來，久等了～」

我將麵線擺在高腳餐盤上端去外廊。大老闆還在仰望著銀河，一個人靜靜坐在那。他的背影不知怎地帶著一絲寂寥。

「喔喔，完成了嗎？我真是快餓死了。」

「銀次先生說過，妖怪就算不進食也能活上一個月。」

「怎麼？葵，妳難道打算把我折磨到那種程度嗎？真是了不得的鬼妻。」

「唔……我只是聽說有這麼一回事，所以想說妖怪的肚子是不是沒那麼容易餓啦。」

「的確是沒那麼容易餓死，不過餓肚子還是很痛苦。只能說痛苦的時間比較久罷了。」

「……」

聽完後總覺得坐立難安，我將裝沾麵醬的碗遞給他，焦急地催促：「好啦，你快多吃點。」

此時，我突然回想起來——這麼一說，之前被囚禁在地窖時，是大老闆救了我。

「欸，大老闆。」

「嗯？怎麼了？」

大老闆將蘘荷浸入沾麵醬，一邊吸著麵線一邊用眼角餘光瞥了我一眼。

我轉過身，正面朝著坐在高腳餐盤另一端的他，換上非常嚴肅的表情。

「上次我被抓到地窖時，前來救我的是大老闆對吧？那個……謝謝。」

「……」

「……我想說我一直忘了道謝。」

大老闆停下筷子，突然笑了一聲。

裝飾在旁的風鈴，此時又發出一聲清響。

「妳真的很有禮貌耶。自己的妻子當然自己救，這只是我分內該做的事不是嗎？」

「……算了，雖然可以吐嘈的點很多，不過今天就先放過你吧。」

我哼了一聲轉過身子，吸起麵線。

我喜歡把麵線配著佐料一起入口。麵線在現世也是夏天常吃的一道料理。切成片狀的秋葵，切面看起來也挺有星星的感覺。偏甜的鰹魚高湯所調配的沾麵醬，與口感滑順纖細的麵線果然是絕佳美味組合。

「不過我……真的老是受到妖怪的幫助呢。」

我緩緩開口沿續剛才的話題。大老闆又瞥了我一眼。

「說這什麼話，妳是老被妖怪覬覦性命才對吧？」

「嗯，話是這麼說沒錯啦……」

總覺得好難開口。

——關於小時候曾有個救我一命的妖怪這件事。

幾天前，大老闆將我從被囚禁的地底倉庫救出來。

在意識瀕臨消失之際，這兩者的身影在我眼裡竟然互相重疊……

如果把這件事說出來，大老闆會怎麼想呢？也許又會笑我吧？

「麵線真不錯，感覺吃再多也不會膩。」

大老闆一心沉醉於麵線的美味，從玻璃碗中撈起麵，一口接著一口。

那副模樣奇妙得令我綻開笑顏，也跟著動起停下的筷子。

「真是夏日的一大風情呢。雖然煮的時候很熱，不過吃的時候很清涼。」

「哈哈，廚房果然很熱嗎？」

「那當然。接下來的暑氣會很折騰人吧，幫我打造一間舒適點的廚房不是很好嗎？」

「夏天可以把冰箱內冰柱女的冰塊拿一片出來放在廚房裡，光是這麼做就會涼快許多。」

「啊啊……原來是這樣喔。」

大老闆給了個有用的建議。等夏天正式來臨時來實驗看看吧。

不過其實我不怎麼討厭進廚房的辛苦。畢竟最後能端出美味的料理，獲得成就感與滿足。

最近不只是自我滿足，在聽到別人稱讚自己做的菜好吃時，也會格外開心，覺得在廚房做菜這件事變得更有價值。

「很美味喔，葵。」

「……哼。只是下鍋水煮而已，誰做出來都一樣好吃啊。」

「別小看妳在小地方的堅持與用心，那可比妳預期得還更確實傳達到客人心中喔。」

大老闆用筷子夾起星形叉燒……的外緣，一口吃進嘴裡，莫名地獨自點著頭。

「濃醇又軟嫩的肉質，壓成星形又顯得可愛。這種裝飾擺盤的手法在隱世很少見呢。雖然麵線是平民美食，不過客人們應該覺得格外新鮮吧。」

「……現在只有壓完模剩下的外緣了，真抱歉。」

直到現在我才發覺，自己招待大老闆吃剩下的東西好像很失禮。

而大老闆也說了「的確是呢」，一臉鬱鬱寡歡的表情。

「葵，招待我吃剩菜的人，妳還是第一個。」

「啊啊，果然很失禮吧？」

「不過即使如此，我還是挺開心的。這也就是說妳把我視為……那個呢，很親近的……對，就像是一家人一樣吧！」

「說得還真好聽。」

大老闆一掃臉上的憂鬱，不知怎地洋溢著自信與雀躍的神情，我便冷靜平淡地潑他冷水。

「況且，俗話說好酒沉甕底，剩下的就是福。叉燒的外緣還帶著雞皮，總覺得自己賺到了呢。」

「也對……雞皮是最入味的地方，老實說是最美味的。雖然賣相很差，不過總覺得棄之可惜，所以還是放進來了。」

雖然心想吃太多也不是好事，但雞皮果然很好吃。

我們有一句沒一句地閒聊著，享用著麵線。

時間已經接近黎明，隱世的喧囂也差不多告一段落，回歸一片寧靜。

初夏晚風輕拂，比起白天的炎熱帶著幾分涼快，讓人感到較為舒適。

一邊吃著麵線，一邊仰望著銀河無數星芒，沉浸於感慨之中。因應七夕而裝飾的矮竹枝葉婆娑，傳來沙沙聲響。

總覺得自己好像也漸漸適應了妖怪的生活步調……

「啊，對了，我有件事想問你。我聽律子夫人說，人類只要吃了隱世的食物，就會漸漸變得接近妖怪，壽命也會延長。這是真的嗎？」

「哦？妳不知道嗎？」

「誰會知道啊。」

隱世的常識超乎我的常識範圍。從彼此的反應，我深刻感受到文化差異。

「是沒錯，因為這裡的食材大多含有妖的成分呀。之前長頸妖六助先生也曾說過，從妳身上聞到小黃瓜靈力的氣味對吧？那正是在說，這個世界裡的食物都會蘊含這樣的靈力。」

「啊啊……聽你一說的確有這回事。」

也就是說，那個長頸妖六助先生在我身上嗅到他家農園所產的小黃瓜上附有的靈力囉？這也挺厲害的。

「這裡的牲畜或蔬果都是妖怪培育長大的，而牲畜也可能長成妖怪，蔬菜與水果也都接觸隱世的空氣，在隱世的土壤與水分灌溉下成長，因此附有靈力。隱世食物中所蘊含的靈力也是生命的泉源。食用越多富含高靈力的食物，人類就會變得越來越接近妖怪，並有延年益壽的效果。」

「咦，原來是這樣啊？」

「順帶一提，經研究結果指出，食材經過妳的烹調，身體攝取靈力的比例將大幅提升。」

「誰的研究結果啦……唉，不過原來如此啊，我已經完全浸淫在隱世的食物裡了呢……」

把隱世的食物透過自己的雙手變得更具妖怪特質，真是服了這樣的我。

「不過話說起來，妳本來就很接近妖怪。」

「咦，是這樣嗎？因為我有靈力？」

「沒錯。妳在現世也因為這種體質而老是被妖怪盯上不是嗎？那是因為現世的妖怪非常渴望攝取蘊含靈力的食物。相較於隱世，現世這種食物來源少多了。」

「原來是這樣。意思是我本來就是偏妖怪的人類，壽命很長囉？」

「……正是如此。不過妳呢……妳的狀況又比較特別。」

「……嗯？」

這話是什麼意思？因為我是爺爺的孫女嗎？

爺爺的確是擁有驚人靈力的人類，但可沒有長命百歲。或者是因為他死於意外的緣故？

關於這點，大老闆沒有再進一步詳細說明。

「啊啊，總覺得突然好睏……」

用餐完畢的大老闆在外廊躺下，立起手肘撐著頭。

「欸欸，你在這放鬆個什麼勁啊。」

「我打算乾脆在這裡睡一會兒。」

「別開玩笑了，我也很想睡耶。」

「嗯……那就一起睡吧。能擁著新婚妻子入眠，我也能做場好夢吧。」

「什麼？不如讓我把你從這裡推下庭院，你儘管去做新婚美夢吧。」

好了啦，快起來——我拉著大老闆身上的外褂喊著。

然而，他似乎真的很睏，闔上雙眼絲毫沒有要醒來的意思，好像真的當場睡著了。

「……真是的。」

算了，這時候的外廊的確挺舒適的。清新澄透的空氣中響著清涼的風鈴聲，與夜空中一明一滅的星光產生了共鳴。

話說回來，總是游刃有餘的大老闆，意外有著一張純真的睡臉。我停下拉扯外褂的動作，在他身旁坐下來，目不轉睛地觀察他的臉龐。

就在此時，我想起律子夫人的那番話——未來的路也不會明確。

我會跟這個鬼男結婚嗎……

「不，這不可能啦。」

我壓低了音量否認。我根本沒有一丁點嫁入鬼家的念頭。

手不由自主地摸上插在髮間的山茶花髮簪。

雖然花苞又比一開始大了一些，但還不到開花的時候。前端的花瓣開始微微打開，似乎使盡了全力綻放，不過最近尚未有任何顯著的變化。

「但還真拿他沒辦法呢……好吧，幫他拿一套床被過來。」

只不過，面對就這樣當場睡著的大老闆，心裡是有那麼一點覺得可愛。

我將餐碗、餐盤端去廚房，順便從壁櫥中拿出薄床被，抱去給在外廊入眠的大老闆。

我將被子蓋上大老闆的身軀，又湊近凝視他的臉。這樣盯著看人家睡覺似乎不是什麼好行為，不過不知怎地我充滿好奇。

瀏海不規則散落，遮住他的臉龐，於是我伸出手輕輕撥開。

「晚安……大老闆。」

銀河的耀眼光彩開始緩緩褪去。

天色開始泛起淡淡的微亮，預告著日出的到來。現在是七夕的黎明，吹著溫柔的風，與風鈴的音色一搭一唱。

我待在入眠的大老闆身旁，目送光芒漸漸熄滅的星星。

伸手探入衣領，我將藏在胸口的圓形綠石墜子拿出來，舉往黎明的天空看了看。

封在石頭內的微弱鬼火，成了一顆飄浮於半空中的扭曲星星。

「不知道牛郎跟織女有沒有順利見到面呢……」

腦海中一瞬間閃過七夕的傳說。

如果可以的話，希望他們倆能有個美好的重逢。

對浪漫少女情懷敬而遠之的我，現在卻祈禱著他們的相逢，溫柔地握緊手中的石頭墜子。

後記

好久不見，我是友麻碧。

托各位的福，《妖怪旅館營業中》來到第二集。

這次故事中添加了許多帶有溫泉鄉風情的要素，不知道各位喜歡溫泉嗎？我個人非常熱愛，雖然無法泡溫泉泡太久，不過仍不減我對溫泉的熱愛。最近這段時間去探訪了湯布院、原鶴，以及玉造溫泉。

日本是溫泉大國，擁有眾多溫泉鄉，其中我想談談泉源數、湧出量皆為日本第一的溫泉之都——大分縣的別府溫泉。在我讀小學時，因為父親工作調動的關係，曾在別府住過一段時間。當時每天都能泡到溫泉，但還是小孩的我完全不了解溫泉的美妙之處……全家人共用的浴池蓋在外面，每天都是輪流出去洗澡，因此以前的我一直認為，遇到雨天什麼的還要特地出門洗澡真是件麻煩事。現在想想，能每天泡溫泉根本太奢侈了。

別府這座城市真的很神奇，路上四處瀰漫著溫泉的煙霧，簡直令人吃驚，營造出一幅相當特別的景觀。由於就連路邊排水溝也有溫泉流經，所以冬天上下學時我都走在排水溝蓋上。因為熱氣會從排水溝蓋的縫隙冉冉上升，走起來很暖和呢。雖然會有硫磺的氣味，不過小學生一個接一個走在排水溝蓋上的冬日光景，可說是溫泉鄉特有的風情之一吧，實在很懷念。

本次故事中登場的「雞天」，是以大分的地方料理為原型。也有說法指出雞天的發源地是別府，而對我來說，這道料理也是早已吃慣的「媽媽的味道」。

由於雞天這道菜實在太常上桌了，我本來還以為是普及全國各地的家常菜，到東京之後才發現事實並非如此而大吃一驚……不過這種地方文化的衝擊多得是，就像上回的醬油事件一樣。

若有機會，也希望各位務必享受一下別府的溫泉以及雞天！

在卷末要感謝責任編輯，能有第二集的誕生，都是托編輯的福。毛毛躁躁的我在寫作路上一直受到編輯的支持，能說的只有無盡感謝。而這次也一樣有幸請到 Laruha 老師繪製封面，非常感謝。各角色都完美地呈現出來了，實在是萬分感動！

最後是各位讀者。因為有各位，我才得以繼續描寫這個充滿隱世的妖怪與料理的故事，真的感謝大家。

衷心期待能在接下來的故事中與各位再相見。

友麻碧

國家圖書館出版品預行編目資料

妖怪旅館營業中 . 2, 歡迎光臨夕顏小食堂 / 友麻碧作 ; 蔡孟婷譯 . -- 初版 . -- 臺北市 : 臺灣角川 , 2016.09

面 ; 公分

譯自 : かくりよの宿飯 . 2, あやかしお宿で食事処はじめます。

ISBN 978-986-473-278-4(平裝)

861.57 105013849

輕文學 Light Literature

妖怪旅館營業中 二 歡迎光臨夕顏小食堂

原著名*かくりよの宿飯 二　あやかしお宿で食事処はじめます。

作　　者*友麻碧
插　　畫*Laruha
譯　　者*蔡孟婷

2016 年 9 月 26 日　初版第 1 刷發行
2021 年 5 月 17 日　初版第 4 刷發行

發 行 人*岩崎剛人
總 編 輯*呂慧君
編　　輯*林毓珊
美術設計*吳佳昀
印　　務*李明修（主任）、張加恩（主任）、張凱棋

台灣角川

發 行 所*台灣角川股份有限公司
地　　址*105 台北市光復北路 11 巷 44 號 5 樓
電　　話*（02）2747-2433
傳　　真*（02）2747-2558
網　　址*http://www.kadokawa.com.tw
劃撥帳戶*台灣角川股份有限公司
劃撥帳號*19487412
法律顧問*有澤法律事務所
製　　版*尚騰印刷事業有限公司
I S B N*978-986-473-278-4

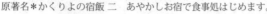